極上上司と秘密の恋人契約

キャシー・ウィリアムズ 作
飯塚あい 訳

ハーレクイン・ロマンス

東京・ロンドン・トロント・パリ・ニューヨーク・アムステルダム
ハンブルク・ストックホルム・ミラノ・シドニー・マドリッド・ワルシャワ
ブダペスト・リオデジャネイロ・ルクセンブルク・フリブール・ムンバイ

A WEDDING NEGOTIATION WITH HER BOSS

by Cathy Williams

Published by Harlequin Japan,
a Division of K.K. HarperCollins Japan, 2024

キャシー・ウィリアムズ

トリニダード・トバゴの出身で、トリニダード島とトバゴ島、2つの島で育つ。奨学金を得てイギリスに渡り、1975年にエクスター大学に入学して語学と文学を学んだ。大学で夫のリチャードと出会い、結婚後はイングランドに暮らす。現在は中部のウォリックシャー在住。夫との間に3人の娘がいる。

主要登場人物

ヘレン・ブルックス……………秘書。
ルーシー……………………………ヘレンの親友。
ジョージ……………………………ヘレンの元婚約者。
ガブリエル・デルーカ…………億万長者のＣＥＯ。
アルトゥリオ・ディアス………ガブリエルの親戚。ぶどう畑のオーナー。
フィフィ……………………………ガブリエルの元ガールフレンド。

1

「きみを起こしていなければいいのだが」

　ヘレン・ブルックスはソファの上で体を起こし、つけっ放しだったテレビを見た。番組はさっきまで見ていた探偵ドラマから、ロサンゼルスの豪邸に関するものに変わっていて、彼女はまばたきをすると咳払《せきばら》いをした。

「もちろん、寝てなんかいないわ」

　時計は土曜日の夜九時を少し過ぎたところで、ヘレンはまだベッドに入ってはいなかったが、間違いなく居眠りをしていた。それよりも、なぜ職場のボスのガブリエルはこんな時間に電話をかけてきたのだろう。

「ロンドンはまだ九時だな」彼はヘレンの心を読んだかのように言った。「土曜日の夜なんだし、きみは出かけるべきじゃないのか？」

　ヘレンはガブリエルの声に面白がるような響きを感じ、いまの彼の表情を思い浮かべることができた。彼は不当なまでにセクシーで、黒い瞳を縁取るまつ毛はほとんどの女性が欲しがるように豊かだし、罪深いほど筋肉質で完璧な体つきをしている。彼のもとで働きはじめて三年あまり、ヘレンの決まりきった生活は、精力的な男性にとってはからかいの対象でしかないのだとわかっている。

　ガブリエルはまるで不眠不休のように、よく遊び、よく働く。仕事以外のときの彼が、いつも似た感じのセクシーなブロンド女性たちと楽しんでいるのをヘレンは知っている。なぜなら、何人も見てきたからだ。小柄で、胸が大きく、息をのむほど魅惑的で、つねに相手を喜ばせようとしているタイプだ。頻繁に変わる彼のガールフレンドのことを考え、時間を無駄にしている自分に腹が立った。それに、ボスのことを考えて時間を無駄にする自分も腹立たしくてしょうがない。

「ええ、出かけるべきでしょうね。ところで、何かご用ですか？」

「ずいぶん堅苦しい言い方をするね」

「ガブリエル、あなたはカリフォルニアにいるはずでしょう？　そちらは何時？」

「午後一時だ」

「なぜ週末に電話をかけてきたの？」

「悪いが仕事についてなんだ」

　仕事なら彼に頼りにされていると知っているが、ボスがカリフォルニアに行っている間、ヘレンは休暇を取ることになっていた。

「今日は土曜日よ。仕事に関することは、週明けでいいんじゃない？」ヘレンは言い淀《よど》んだ。「それに、あなたは一緒にいるのよね、彼女と……」

「フィフィのことか？」

「そう、フィフィと」フィフィは本名をフィオナといい、ガブリエルと付き合って四カ月あまりになる。ヘレンはボスに代わって彼女に二度花を贈る手配をし、劇場や高級レストランでのデートを何度もセッティングし、非常に高価なブレスレットの購入をアドバイスした。そして数週間前、ガブリエルのロンドン本社の目を見張るほど美しいオフィスに彼女が予告なしに現れたから、実際に会ったこともある。

　フィフィは小柄で胸が大きく、カールした明るいブロンドを腰のあたりまで伸ばしていた。ジムから帰る途中に寄ったようで、ガブリエルが忙しくなければランチに誘おうと思っていたらしい。

「アルトゥリオに会う前に、フィフィとリラックスした時間を過ごすはずだったのでは？　確かそう聞いていたけれど」

「ああ」

「土曜日の夜に秘書と電話で仕事の話をするなんて、彼女は喜ばないでしょうね」ヘレンは指摘すると、テレビの音量をミュートにし、ソファに寝転がった。

ヘレンは二十八歳で、もっと冒険的なこと、ベジタリアンパスタを食べたあとにテレビを見るよりも楽しいことをすべきなのかもしれないが、ロンドンに住んでいるからといってクラブやバー通いにはまったことはなく、それらに無理に興味を持つ意味がわからなかった。彼女には何人かの女友達がいて、ときどきそのうちのひとりと食事に出かけたり劇場や映画館に行ったりすれば、じゅうぶん満足できるのだ。それに、コーンウォールで生まれ、静かな暮らしを送ってきた彼女にとっては、土曜の夜に家でじっとしていることは気にならなかった。

しかし、そう思っていたのも、週末の夜、ボスの声に面白がるような響きを聞くまでだったが。

窓の外からは、通りすぎる人々の笑い声や話し声が聞こえてきた。ヘレンはぼんやりとかつて婚約指輪を嵌《は》めていた薬指に触れ、押し寄せる考えを脇に追いやった。

「フィフィはここにいないからわからない」

「どうしてなの？ あなたと同じホテルを予約しておいたわ。どうしよう。間違った飛行機を予約してしまったのかしら。あなたが到着した翌日、つまり二日前に到着するファーストクラスの席を予約したはずなんだけど」

「落ち着くんだ、ヘレン。きみの予約は間違っていない。彼女は無事に到着したよ」

「じゃあ、どういうことなの？」

「ぼくたちの関係がうまくいかなくなって、彼女は今朝早くに出ていってしまったんだ」

「まあ……」

「きみの言った〝まあ〟は、非難の言葉と思うべきだろうか」

「いいえ、そんなつもりはないわ。計画どおりにいかなかったのは残念ね、ガブリエル。それで、彼女がいなくなったことと週末の夜に電話をかけてきたことは、何か関係があるの？」

ボスの女性との付き合い方はヘレンに関係ないことだし、自分の意見を彼に伝えるつもりはなかった。けれど、確かに自分の発した言葉に非難の響きがあったのは否定できない。

どうして多くの女性たちが彼にこれほど夢中になるのか、ヘレンには理解できなかった。なぜなら、途方もない美貌と過剰なまでの気前よさを取り除けば、あとに残るのは将来の約束など絶対にしてくれない、お金があるだけの男性なのだから。そんな考えは彼を正当に評価していないとわかっていたが、多くの女性が罪深いほどゴージャスでカリスマ性のあるボスに何を感じているかをよく知っているだけに、心をかき乱すような思考からヘレンは逃れざるを得なかった。

ヘレンがガブリエルの下で働いてきたすべての期間において、彼と女性の関係が長期間続いた記憶はない。そして、付き合ってきた女性たちは、彼のありのままの姿を知っていたはずだ。恋愛に関してのガブリエルの交際期間は、まるで五分間しか集中できない幼児並みに短い。彼はさまざまな女性と写真を撮られているというのに、なぜ多くの女性がそんな男性と関係しようと考えるのか理解できなかった。

彼の容姿、魅力、銀行残高がどうであれ、感情的に地球上でもっともかかわりたくない種類の男性だ。腹立たしいことに、ヘレンの思考はときどき反乱を起こし、彼のことを考えて神経を高ぶらせてしまうのだが。

まさに、いまのように。

ヘレンは彼がアクシデントについて何か話すのを

聞き逃し、すぐにもう一度言ってほしいと頼んだ。脈拍が速くなる。彼女は背筋を伸ばし、すべての雑念を払いのけた。

「フィフィが出ていったあと、ジムに行ったんだ。そのとき、いつもより重いダンベルを拾い上げようとして、手首をひねってしまった」

「手首をひねったの？　それは大変ね。痛むの？」

「心配してくれてありがとう。魅力的な赤毛の女性が湿布してくれたし、鎮痛剤をのむほどでもない」

「フィフィが帰ってしまったことで、取り乱していたわけではないのよね？」

「……ああ、まったく気にしてない。たまたまそうなっただけだからね」

ヘレンには、電話の向こうでガブリエルが一瞬ためらったのがわかり、フィフィとの間に何があったのかを話したいのだろうかと疑問に思った。

彼は過去の関係について、ヘレンに一度も話してくれたことはなかった。彼が女性と別れたのを知るのは、新たな住所に花の手配を頼まれたときだった。

正直に言えば、ガブリエルが何をしようと、ヘレンには関係ないことだ。仕事上では、これ以上ないほど相性がよく、言葉にしなくても通じる何かがある。けれど、ヘレンは彼を私生活には踏みこませず、それは彼女が入社したときから変わらないことだった。だからこそ、ヘレンも彼の私生活に踏みこもうとはしてこなかったのだ。

ガブリエルは、ヘレンについて基本的なことは知っていた。どこで生まれ、どこで資格の勉強をしたかなどを。それらはすべて、三年以上前に彼女が面接のために用意した履歴書に書いた情報からだ。

しかし、彼女の私生活は？　それについて、ボスは何も知らない。

ヘレンがかつて婚約していた男性についても、ガブリエルはまったく何も知らなかった。生い立ちから、予測不可能なことを避けて安全と安定を学んだ彼女にとって、婚約者だったジョージをどれだけ完璧だと思っていたかも、ボスは何も知らなかった。ヘレンとジョージは同級生で、十七歳のときから付き合っていた。彼の両親はもちろん彼女の父親も含め、周囲の者たちはみな、ふたりの結婚を当然の成り行きとして考えていた。誰もが知っているコーンウォールの小さな町で、ふたりのロマンスはおとぎ話のようだった。けれど、おとぎ話の結末は訪れなかった。

結果的によかったことだと、彼女は何千回も自分に言い聞かせた。もし結婚していたとしても、遅かれ早かれ破綻していただろう。誓いを交わす前に別れたのは正しかったと、彼がすぐに別の女性の腕のなかに飛びこんでいったことからもわかる。そして彼は、ヘレンを失望させたときもとても優しく、言葉を選びながら、彼女の幸福を気遣っていた。しかし、捨てられたことで、ヘレンは自分の価値を疑うしかなかった。

彼女はその悲惨な時期を乗り越え、友人たちの善意によるうんざりするような同情を乗り越え、貴重な教訓とともにロンドンへとやってきた。

ヘレンは強くなった。男性に関しては、二度と傷つきたくないという思いから、自分の周りに壁を築いた。彼女の過去、傷ついた心、そして男性に対する不安は、決して人前で表に出すことはなく、ボスに詮索されることもなかった。

ヘレンはいま、ガブリエルがふたりの間にある境界線を壊し、私生活に干渉してくるように感じた。胸の鼓動が高鳴るのを抑えながら、ふたりの恋愛観は天と地ほども違うだけに、それを望まないべきだと考えた。

「それで、あなたが電話してきた理由は？」ヘレンは意識を仕事に戻した。

「アルトゥリオが、約束の日より前にやってきたんだ。ちょっとした休暇のために妻のイザベラと一緒に早めに来ることに決め、そのついでに自分自身でぼくのぶどう畑をチェックしようと考えたわけだ。そこのぶどうがきちんとした品質を保っているかどうかを確かめるためにね。きみも知ってのとおり、アルトゥリオは〈ディアス〉というブランドを守らなければならないから、劣悪な生産者に自分のぶどう畑を売ることはできないと考えている」

ガブリエルが、カリフォルニアにある自分のぶどう畑の他に、トスカーナにあるアルトゥリオ・ディアスのぶどう畑を買おうと考えたのは、数年前のことだった。ガブリエルはずっとロンドンを拠点にしているが、何年も前に両親が亡くなったときに遺《のこ》された莫大《ばくだい》な財産の一部を、長年放置されたままになっていたカリフォルニアのぶどう畑に投資していた。ガブリエルは適切な人を雇い、適切なことをさせ、そしてカリフォルニアのぶどうが実を結ぶやいなや、さらに先に進むことに決めた。おいしいワインを飲むことは、おいしいワインがどのように造られるかを見るほど満足できるものではないとガブリエルは考え、すぐにイタリアでもぶどう畑を探し回った。亡くなった両親が生まれた国とのつながりを取り戻すためでもあった。

そして彼は、予想していた以上のものを見つけた。その行動は、存在すら知らなかった家族のつながりへと導いたのだ。ぶどう畑を所有するアルトゥリオが、祖父の代からガブリエルの一族とつながりがあるとわかったからだ。

アルトゥリオの高品質なぶどう畑は申し分なく、ガブリエルは数カ月の間に、そのぶどう畑の取得にますます個人的にかかわるようになった。彼がこれまで探求したことのない、あるいは知ることさえなかった過去とのつながりを表す何かに没頭し、この契約はとても重要な意味を持つと気づいたヘレンは、最終的な契約の締結を危うくするようなことがないようにと心配した。

「もちろん、アルトゥリオは予定より早く到着したことを謝っていたが、この取引に署名する前の彼に、ぼくのぶどう畑を見てもらえたのはうまくいった。ぼくに売ることを、彼が心配する必要はないと示すことができたからね」ガブリエルは続けた。「本題に入ろう。こちらできみが必要になった」

「でも、あなたひとりですべての仕事をこなすつもりだったでしょう？」

「当初は単なる準備段階で会う予定だったが、アルトゥリオは幸せな老後を送るため、すぐにでも結論を出したがっているようだ。結局のところ、彼は七十歳をはるかに超えているから、その考えを責められない。ぼくとしては仕事を引退するなんて考えられないが、彼には今後百年間は忙しくしていられるほど、多くの子どもや孫がいるからね。いずれにせよ、すべての契約内容がまとまれば、より細かい仕事が待っていて、きみにはそれらに対応してもらう必要が出てくる。それに、これからの数日間、右手を使わずにできることにはかぎりがある」

「だから、わたしもカリフォルニアに行くということ？」

「そうだ。何か問題でも？」

「問題はないけど……」

「パスポートは持っているな」

「ええ、もちろん」

「すばらしい。では、この取引の要点を確認するため、すぐにでも来てほしい。明日でも構わない」

「明日ですって？」

「ヘレン、なぜためらっているんだ？　最長でも三、四日しかかからない。法律関係者はすでに呼び寄せたし、まだ最終的な詰めはすんでいないが、土壇場で何か問題が起こるはずはない。きみはいくつかの会議に出席し、議事録を作成するだけだ。それのどこに問題がある？　飼い犬やボーイフレンドが問題なのか？」

「飼い犬やボーイフレンド？」

「きみが飛行機に乗ってこちらに来るのに、何かそれ以外の障害となるものがあるかを訊《き》いているんだ。念を押すまでもないが、これもきみの仕事の対価として支払っている高給の一部だ」

「そのとおりね」ヘレンは硬い口調で答えた。

ヘレンが高給取りであることは間違いない。この三年間で彼女は何度も昇給したし、特別な賞与ももらった。それは、彼女を辞めさせないようにするための彼のやり方だった。会社にとって、彼女はなくてはならない存在ではなかったが、それに近い存在なのだ。

同僚から聞いたところによると、ガブリエルのパーソナル《P》アシスタント《A》のなかでもっとも長く勤めていたのは中年の女性で、娘と孫のためにオーストラリアに引っ越すことを決めるまで、何年も彼のもとで働いていたという。その彼女が退職して以降は、一連の不幸な出来事が続いたと経理部のカリスが辛辣に語った。新たなＰＡの誰もが、ガブリエルの前ではまったく仕事ができなくなったうえに、彼が近くにいると緊張して舌足らずになり、ついには彼に恋心を抱き、不適切な服装で出社してくる始末だったという。

豊富な恋愛遍歴とは裏腹に仕事に関しては死ぬほど真面目で、うまくやっていける相手との関係を危うくしないためなら、彼がどんなことでもするとヘレンは知っていた。だから彼は、いままで可能なかぎりヘレンの都合を聞いてくれた。しかし、都合を聞いてもらえるのにも限界があり、いま、その限界にぶつかっていることに気がついた。ヘレンがカリフォルニアに行くことを望むガブリエルは、給与面について語りさえしたからだ。

「犬は飼っていないわ」ヘレンは素早く言った。

「ボーイフレンドは？」

「それはあなたに関係ないでしょう？」ヘレンは冷静に返した。いままで彼に私生活について訊《たず》ねられたことがあったかどうか思い出せなかった。週末に何をしたかという一般的な質問のひとつやふたつはされたかもしれないが、ボーイフレンドについて訊かれたことはなかったはずだ。ガブリエルはエネルギッシュなセックスライフを送っているが、そんな彼が彼女のセックスライフを気にしたことなどあるのだろうか。それとも、彼女には何もなく、毎晩家に閉じこもっているとでも思っているのだろうか。

　セクシーなボスに私生活を推測されていると思うだけで鳥肌が立った。もし彼の目が、信頼する従業員としてではなく、ひとりの女性としてこちらを見たら、どんな気持ちになるのだろう。ヘレンの安全を求める気持ちは粉々に吹き飛んでしまうかもしれない。もし彼女がまた男性を信用するとしたら、それは間違いなくガブリエルのように深い関係を望まないタイプではない。そう思いながらも、彼の力強いセックスアピールが、彼女の決意をくじこうとしていると感じることがあった。

「もちろん、ぼくには関係のないことだ」

「あなたは女性との関係を世間に知られるのを気にしないかもしれないけど、そういったことに関してはもう少し慎重な人もいるのよ」

　電話の向こう側で、ガブリエルが沈黙した。ヘレンは言いすぎたかもしれないと自分を責めた。

「ええと……飛行機を予約したら、あなたに知らせるわ」ヘレンは自分の衝動的な発言で起きた気まずい沈黙をごまかすために、急いで言葉を発した。

「これほど急だと、どの飛行機も予約でいっぱいかもしれないわね」

「ファーストクラスになら空きがあるはずだ。それと、ぼくの宿泊先を知っているね？　仕事上、便利なのは同じホテルを予約することだ。こちらにいる間、きみには快適に過ごしてもらいたいから、スイートルームを予約するといい」

ファーストクラスにスイートルーム？　彼女が行きたくないと言ったことに対する、彼なりの皮肉なのだろうか。

ヘレンはルーティーンどおりの生活を送るのに固執していて、自分にとって居心地のいい場所にとどまることを好んだ。そして、歩んできた人生がいまの彼女を作り、その枠から一歩踏み出すことは、たとえその一歩がちっぽけで取るに足りないものとわかっていても、いつもとても勇気がいる。けれど、それをガブリエルは知る由もなかった。

ヘレンがずっと前に母親と弟を自動車事故で亡くしていなければ、きっといまの彼女とは違う人間へと成長していただろう。事故が起きたとき、彼女はまだ八歳だった。それからずっとあとになって、高速道路でタンクローリーが横転した影響で玉突き事故が起こり、十二人が死亡したという新聞記事を読んだ。

事故の直後から、ヘレンの父親はすっかり変わってしまった。妻と息子を失ったせいで、それ以上の喪失を恐れるあまり、娘を真綿でくるみ、決して危険をおかしてはいけないと教えるようになったのだ。それは感情面から肉体的なものまであらゆることに当てはまり、父親を心から慕っていたヘレンは、その教えに逆らうなど夢にも思わなかった。

ヘレンは懸命に勉強したが、学校の海外へのスキー旅行は欠席した。ゲレンデで何が起こるかわからなかったからだ。そして、十代のパーティーといえば、酒やドラッグがつきものかもしれないという理由で、遅くまで出歩くこともなかった。

彼女とジョージが婚約したとき、父親はこれ以上ないほど喜んだ。会計士を目指すジョージは近くの町で働く予定で、彼女の父親と同様、ヘレンの面倒を見る運命にあった。

いま思えば、何よりも安全な未来という概念に惑わされていたのだろう。永遠の関係には、安全を感じること以上のものがあると理解するには、ヘレンは若すぎた。彼女は恋しているという考えに夢中だったが、あとになって初めて、彼らの関係には多くのものが欠けていたことに気がついた。それに、〝安全〟なのはいいことだが〝安全すぎる〟のは問題だということにも気がついた。

ロンドンで働くという冒険は、彼女が長年にわたって教えられてきたことから唯一逸脱した行為であり、その決断に対する父の反応を思い出すだけで微笑《ほほえ》まずにはいられなかった。いまでも父は、暗い路地や曲がり角の奥にひそむあらゆるものについて、彼女に警告するのを好んでいる。けれど、コーンウォールにとどまり、地元で仕事を見つけることは、違う世界を見たいと切望していた彼女には考えられなかった。父親からは心配されたものの、彼は彼女自身のためにそうしなければならないことを理解してくれた。

いまのガブリエルとの関係は、ヘレンが定めたすべての法則に従っていた。彼女はボスとの間に距離を置きながらも懸命に働き、彼の人生をいとも簡単にアレンジすることができた。

ヘレンが仕事で海外に行くのは今回が初めてになる。ガブリエルは海外出張の際、たいていの場合は彼自身で物事を処理していたからだ。しかし、アルトゥリオとの取引が早まったことや彼が手首を痛めたせいで、その状況に変化が生じたのだ。なぜかロンドンのオフィスを離れて彼と接することは、奇妙なほど恐ろしく感じられた。

　ばからしい。なんでそう思うのだろう。場所は違っても、ふたりは仕事をするだけなのに。

「わかったわ」ヘレンはカリフォルニアに行くことを承諾した。

「契約関連ですでに決まっている部分については、プリントアウトして必ず持ってきてくれ。アルトゥリオは高齢だ。紙で確認したいそうだ」

「昔気質《かたぎ》で、すてきね」ヘレンは微笑むと、アルトゥリオよりずっと若いのに同じような考えの父親を思い浮かべた。彼は足場職人として働いていたが、定年退職したいまは釣りに情熱を注いでいて、コーンウォール産の蟹《かに》を地元のレストランに卸している。そんな彼の人生に、パソコンやデータは無縁だ。おそらく新しいものを習得したいという好奇心は、家族を失ったときに消えてしまったのだろう。

「そうだな。でも、手間がかかる。数十枚の紙切れですべてを調べなければならないのだから。とはいえ、彼がぼくたちに紙のファイルをどれだけ提供させても構わないくらい、ぼくは彼を気に入っている」ガブリエルは皮肉まじりに、愛情たっぷりに言った。「それにしても、きみが昔気質の人間をすてきと思えるなんて知らなかった。デジタル関連において、きみほど詳しい人をぼくは知らないからね」

　その褒め言葉にヘレンの頬は熱くなった。きっと真っ赤になっているだろう。電話の向こうの彼に見られないことに安堵《あんど》した。

「アルトゥリオが昔気質なのは仕事面だけではない。彼は子どもや孫の写真を、スマートフォンにではなく、プリントしたものをアルバムに入れて持ち歩いているんだ。最後に会ったときに見せてくれたよ。彼はとても家族を大切に思っているようだ。ぼくにとって、ぼくと血を分けた人々の顔を見るのは少し慣れないものだと言わざるを得ないし、彼らの存在すら気にしていなかった。けれど、両親の生まれ故郷の近くに購入できるぶどう畑を探そうと決意したときには想像もつかなかったほど、いまのぼくは多くの親戚の名前を知った」

彼の話を聞いているうちに、ヘレンの頬の熱さはおさまってきた。

「正直なところ、フィフィがここでの滞在を短くすることを決めたのは幸運だった。もしアルトゥリオが彼女に会っていたら、少し狼狽《ろうばい》していたかもしれない。彼は家族の大切さと社内の伝統を守ることを強調するタイプだが、フィフィはその考え方を気に入らなかったかもしれないからね」

「でも、あなたたちは結婚しているわけではないのよ」ヘレンは驚いたように言った。「取引とは関係ないわ」

「ああ、関係ない」ガブリエルは静かに笑い、ゆっくり答えた。「けれどぼくにとって、アルトゥリオや彼の家族との絆《きずな》が、彼のぶどう畑を買うというビジネスに勝るかもしれないと感じているんだ。もし彼が、自分の子どもたちと同じような結婚をぼくに望んでいるとしたら、ぼくは彼を失望させたくない。だからこそ、フィフィのようなタイプでは、アルトゥリオの眼鏡にかなわないと思った」

「契約がまとまり、あなたがぶどう畑をうまく運営できるようになれば、きっとアルトゥリオも喜ぶわね」会話を個人的なものから遠ざけるため、ヘレンは曖昧に返した。しかし、彼女は自分のなかにかすかな好奇心が芽生えていることに気づいていた。

違う国、美しい景色、贅沢《ぜいたく》の極み、ガブリエルを百パーセント独占できる一週間を捨てて、なぜ彼のセクシーなブロンドは去ってしまったのだろう。アルトゥリオが予期せず早く現れたせいで、ガブリエルがブロンドをないがしろにしたため、ふたりはなんらかの口論をしたのだろうか。ヘレンが知るかぎり、フィフィは仕事をするガブリエルを配慮するような女性ではなかった。

「フライトが決まったらメールするわ。現地のホテルまでは自分で行けるから、着いたら連絡します」

「空港に迎えを送るよ」ヘレンは、彼の柔らかく楽しげな笑い声を聞き、それがあまりにも親密に感じられた。

「わかったわ。それでは現地で」彼がこれ以上、個人的な話題で彼女を不安にさせる前に、急いで電話を切った。

ヘレンはガブリエルとフィフィのために、言われるがままに指定されたホテルのいちばん高い部屋を予約した。フィフィがそのホテルを選び、ガブリエルもそれに同意したのだ。目を疑うような値段の部屋でも、彼が眉をひそめることはなかった。

いまならそれがどんなホテルか調べることもできるが、心の奥底ではフィフィをとてつもなくお金がかかる、周囲の人々の感嘆のまなざしを浴びることを望む人物と思っているだけに、その印象に見合うホテルを連想した。結局、忙しさのあまり、そこがどんなホテルかを調べられなかったが。

ヘレンは快適に移動することができた。ファーストクラスの座席はリクライニングすればベッドになったため、眠ることができたのだ。そして、ガブリエルが手配したリムジンに乗りこんだとき、自分がどんなホテルに泊まるのか好奇心がわいてきた。全面ガラス張りの高層ホテル？　外には制服を着た警備員がいて、大富豪たちが出入りしている？

ヘレンがアメリカに来るのは初めてのことだった。黒塗りの長いリムジンの窓ガラス越しに景色を見て、ロンドンともコーンウォールとも、これまで行ったことのあるすべての目的地とも違う、まったく別の世界にやってきたような気がした。

ヤグルマギクのような青い空の下、太陽が蜂蜜のように降り注ぐターコイズブルーの海が広がる海岸沿いを車は走った。運転手はバックミラー越しに彼女をちらりと見ながら、太平洋沿岸だと説明してくれた。

彼は街の背後にそびえ立つ雄大な山々を指さし、サンタバーバラが〝アメリカのリビエラ〟と呼ばれているのは、そのゴージャスな気候のためだと説明し、ビーチ、それに街に並ぶレストランやカフェも最高だと自慢した。渋滞とは無縁の曲がりくねった通り沿いには、絵のように美しいブティックやワインバーが立ち並び、いたるところに緑がある。彼は明らかに自分の街を誇りに思っているようだ。

「仕事がすんだら、絶対に見て回らないと」ヘレンは観光をするつもりはまったくなかったが、礼儀正しくそう言った。

「これからあなたを連れていくのは……」彼は遠くを手で示した。「これ以上ないほど、外界から隔絶された場所です」

「なんですって？」

「本当にすばらしい場所なんです。ぼくには泊まる金銭的余裕はないけれど、何人かを送っていったことがあります。もし宝くじが当たったら、そこがぼくの行きたいリストのいちばんになるでしょうね」

「外界から隔絶されている？　そこはホテルなんでしょう？」どういうわけか、ヘレンはフィフィのイメージから、そんな場所などこれっぽっちも想像していなかった。フィフィが望んだのは、五つ星ホテルチェーンで、活気に満ちた街のど真ん中にある近代的な超高層ホテルだと思っていたのだ。

「もちろんホテルですが、一味違うんです」

「どういう意味なの？」

「行けばわかりますよ」

ヘレンは自分の思いこみがこれ以上ないほど的外

れだったことに気がついた。リムジンが向かっている場所には街の煌々《こうこう》とした明かりなどなかった。しだいに薄れていく光のなか、そびえ立つプラタナスの木々にさえぎられた敷地に入っていくと、そこは柑橘類《かんきつるい》とオリーブ畑からの香りが漂う広大な景観に囲まれた場所だった。ヘレンは窓を開け、外の新鮮な香りを吸いこんだ。

運転手が〝外界から隔絶された場所〟と言ったのは嘘《うそ》ではなかった。このホテルは緑に囲まれた壮大な風景の一部であり、見渡すかぎり、周囲に他の建物はない。とてもロマンティックな場所で、フィフィがきちんと下調べをして選んだホテルだとわかった。彼女はヘレンが想像していたようなことに背を向け、近代的な超高層ホテルではなく、普通ではないものを求めたのだ。

「着きましたよ」

「ここが入り口なの？」

「荷物を運びましょう」

「それほど重くないから、自分で運べるわ」

ヘレンは穏やかな夕暮れの空気のなかに一歩足を踏み出しながら、自分のスーツケースはとんでもなく場違いだと思った。そして彼女が振り返ると、そこには彼女のカリスマ的ボスがいた。ズボンのポケットに手を突っこむその姿は、まさにゴージャスな億万長者そのものだった。けれど彼は、馴染《なじ》みのあるダークスーツに白いシャツ、ハンドメイドの靴という出で立ちではなかった。白い半袖のポロシャツにクリーム色のチノパン、そして褐色のローファーを履いていた。ヘレンは深く息を吸いこみながら彼のほうに歩いた。

「来てくれたんだね」

「もちろんよ。仕事だもの」ヘレンが立ち止まって彼を見上げると、彼の顎に無精ひげが生えているのに気づいた。飛行機のチケットを予約したときにこんなことは考えていなかった。無精ひげやカジュアルな服装、それにロマンティックな雰囲気などを。

ポロシャツは彼の広い肩幅を強調し、クリーム色のチノパンは筋肉質な脚の長さを際立たせていた。普段着の彼は衝撃的なまでに魅力があり、ヘレンは気が遠くなったように感じた。

「いや、きみが来るかどうか、確信は持てなかった」ガブリエルが楽しそうに言った。「ああだこうだ言って、きみが来ないですむ口実を見つけるかもしれないと思ったんだ」

「そんなこと、夢にも思わなかったわ」ヘレンは咳払いをし、彼の魅力的な肉体から目を逸《そ》らした。「あなたが指摘したように、わたしはお給料をもらい、仕事をするためにここにいるのだから」

「もちろん、そうだろうとも」ガブリエルは唇に笑みを浮かべた。

彼の案内で、ヘレンは平屋建ての超豪華な建物に入った。レセプションと、そこにいるふたりの女性だけが、ここが個人宅でないことを示していた。

ヘレンは突然、自分の快適な場所から離れたことに不安を覚えたが、彼に微笑み返した。もう遅いし、疲れていたし、明日は仕事だ。このたまらなくセクシーなボスも、明日になれば仕事仕様に戻るだろう。しかし、そう思いながらも、心の奥底では緊張の糸がほぐれはじめているのがわかった。自分が身につけた社会人としての意識は、いくら馴染みのある環境から抜け出したとはいえ、決して手放すことはないほど徹底したものだと、必死に自分に言い聞かせるしかなかった。

2

ガブリエルはヘレンに続いてレセプションに向かった。「ここまでの旅はどうだった？」

「とても快適だったわ」

「それは何よりだ」レセプションにいる若い女性がチェックインの手続きをする間、彼はヘレンの服装に目をやった。「なぜ仕事用の服装で来たんだ？　まさか、ぼくが仕事のリストを手に、きみを出迎えるとでも思っていたのか？　ぼくはそこまで、仕事人間ではない」

「これは仕事用の服装というわけではないの」

忠実で、勤勉で、才能があり、非常に自己完結型の秘書のカジュアルな装いを、ガブリエルは見たことがなかった。スーツに白いブラウス、それにきちんとしたジャケットはあらゆる色が揃《そろ》っており、つねに仕事の場は真剣で、軽薄さとは無縁だと思い出させてくれた。奇妙なことに、彼女と軽薄な人間が間近に接することがあったら、どんなふうに見えるだろうかと、彼はいつも考えていた。

ヘレンの身長は百七十センチを少し超えたくらいで、細身の体形だ。茶色の髪を肩まで伸ばし、大きな茶色の目をしている。彼はセクシーで豊満な女性と多く付き合ってきたが、秘書は彼女たちとまったくタイプが違う。けれどヘレンの透きとおるように滑らかな肌、思慮深い会話、それに予想外にハスキーな声など、物静かで真面目な秘書には不思議な魅力があるといつも感じていた。

ガブリエルは大理石造りのレセプションデスクから離れ、案内は不要だと受付のパミーに告げると、スーツケースに手をかけた。けれど、すぐにヘレンが荷物を取り戻そうとする。ガブリエルの手には包帯が巻かれているからだ。

「片方の手は問題なく動かせる。だから、心配する必要はない」そう言って彼は笑うと、話題を変えた。「このホテルにはすばらしいプールがあるんだ。入ってみたらどうだ？　少しリラックスするといい。リラックスするために給料をもらっているわけじゃない、なんて言わないでくれよ」

「ええ、言わないわ。それにしても、ここはわたしが思っていたところとは違うわね」

「そうなのか？」

ヘレンと並んで歩きながら、ガブリエルは苛立《いらだ》ちが和らいでいくのを感じた。別れたばかりの恋人との休暇は、計画どおりにはいかなかった。楽しく過ごすどころか、フィフィのブランドもののスーツケースから最後の衣類が取り出される直前に、彼はハリケーンの直撃に遭っていた。

フィフィはこのホテルに到着したとき、リムジンから降りて満足げな表情で周囲を見回した。目的を持って歩く彼女の足取りには、すべてが順風満帆に進むわけではないと彼に警告する何かがあった。ロマンスが開花する前にフィフィがふたりの関係をより重要なものにしようとしたことに対し、彼はなんの心構えもできていなかったのだ。

フィフィはガブリエルの体に腕を巻きつけ、甘えるように耳元に息を吹きかけ、彼の注意を引きつけようとした。フィフィがこの非日常的なホテルを選んだのは、ふたりの関係をより深めようと目論《もくろ》んでいたからだ。そう気づいた時点で、事態は急速に下り坂になってしまった。

ガブリエルはそのことを頭の片隅に追いやり、ヘレンに庭園を案内しながら、彼女が滞在する場所まで歩くペースを落とした。

「もっとありきたりなホテルを想像していたの」

「ありきたりというと？」

「繁華街の中心にあるような、近代的な高層ホテルよ。だから、ここに来る前に宿泊先について調べる必要性を感じなかったの」

「ぼくもここに来て、少し驚いたよ」

「宿泊先のこと、フィフィと相談しなかったの？」

「彼女いわく、ぼくを驚かせたかったらしい」ガブリエルは肩をすくめ、枝が魅力的に絡み合って天蓋を形成している小さな並木道を右に曲がった。ふたりは花や木が生い茂り、ベンチが点在する、まるで絵画のように完璧な風景を背景にした、いくつかの美しいコテージが立ち並ぶ場所に出た。コテージの大きさはそれぞれ異なるが、どの建物の正面にもポーチがあった。

「きみの部屋はここだ」次いで、ガブリエルは別のコテージを指さした。「あそこがぼくの部屋になる」

「わたしはコテージに泊まるのね……」

「これらのコテージの向こう側には、風景に溶けこむようにスイミングプールが設置されている。人工のものとは思えないような造りなんだ」

　ガブリエルはドアにカードキーをかざすと、肩でドアを押し、一歩下がってヘレンをなかに通した。

　その空間は無個性とはほど遠かった。ヘレンは、石造りの暖炉の上の壁に描かれた大胆な抽象画から、窓の棚に沿って並べられた一連の精巧なアフリカの彫刻に至るまで、大陸にまたがるさまざまな工芸品や芸術作品で飾られた前室に足を踏み入れた。フローリングの床にはペルシャ絨毯《じゅうたん》が敷かれ、寝室に続く開け放たれたドアからは、天蓋つきの四柱式ベッドが見えた。

「すごい！」

「すべてのコテージには丘の中腹の庭園を見渡せるテラスがあって、そこに座って朝食を楽しむこともできる。まるでツアーガイドみたいになってきたな」ガブリエルは笑った。「正直なところ、街の中心部のホテルに移動しようかとも思ったんだが、労力をかける価値がないと思い直したんだ」

ガブリエルは、ヘレンがコテージを見て回るのを壁にもたれながら見つめた。彼女は着ていたジャケットと一緒にハンドバッグをソファに置き、髪を耳の後ろできれいにまとめた。

ヘレンは、彼を特別に気にかけることはしない唯一の女性であり、自分の考えを正確に彼に伝えることも恐れていない。それは不思議なほど魅力的に感じられた。ヘレンが何も言わなければ言わないほど、彼はもっと彼女を知りたくなった。

彼女はまだ若いが、オフィスから離れると、同年代の女性たちがするようなことをしているという印象を受けなかった。手ひどい失恋でもして、いまだその失恋の傷が癒えずに引きこもってでもいるのだろうか。彼は、自分がデートする女性について少しも興味を持ったことがなかったが、自分の秘書に対しては、想像を膨らませずにはいられなかった。

「ここは仕事をするのに適しているのかしら」

「なんだって？」

「わたしの言いたいことはわかるでしょう？」ヘレンは周囲を見渡して眉を寄せると、腰に手を当てて部屋の中央に立った。「敷地内に会議室はあるの？ 弁護士や会計士が集まるとしたら、どこになるのかしら？」

常識的な質問だ。ガブリエルは目の前に立つ彼女を見てから、思わず目を伏せ、顔をしかめた。「このように快適で非公式な環境に全員が集まることで、契約は非常にうまくいくと思っている。ぼくのコテージは、ここよりも広い。それに、六人掛けのテーブルもある。飲み物や食べ物を持ってきてもらい、プールサイドで話し合うことだってできる。ここのレストランは評判がいいからね」

　ヘレンが言葉に詰まったのを見て、ガブリエルは笑った。「リラックスするんだ、ヘレン。冗談だよ。市内の中心にある便利なホテルの会議室を、ちゃんと予約してある。明日は弁護士とのミーティングで、明後日は財務担当者と相談する。その翌日には、より詳細な内容を確認することができるだろう。ぼくはひとりでアルトゥリオに会い、現在の状況を説明し、従業員全員の権利や彼が抱くかもしれないさらなる懸念に対処する」

　ガブリエルはいったん言葉を切ると、続けた。

「ぼくの直感では多少の問題は出てくるだろうから、ロンドンに戻る前に署名がすべて揃っていることを確認したい。なので、契約内容しだいでは、滞在が延長される可能性もある。それと、きみがプールでのんびりする自由時間はじゅうぶんにあるから、安心してくれ」

　ガブリエルの言葉を聞き、ヘレンは床が揺れ動いたように感じた。もちろん彼は、仕事の面ですべてがうまくいっていると優しくからかっているだけなのだろうが、それはヘレンが着てきた服装を優しくからかっていたのと同じ調子だった。ちょっとした冗談に、神経質になる必要はない。彼が微笑《ほほえ》みながら、茶化すようなことを言ったのはこれが初めてではないのだから。それならなぜ、彼女はこれほど落ち着かないのだろう。馴染《なじ》みのない場所に来たからだろうか。彼女は三日間ここに滞在し、その後ロンドンに戻る予定でいるが、滞在が延長になる可能性があると彼に言われたせいなのかもしれない。

　それにしても、プールでのんびりする？　そんなことはありえない。仕事でここに来たのだから、水着など持ってくるわけがなかった。

「わかったわ」彼女は微笑んでうなずいた。

「きみは疲れているだろうし、明日は時差ぼけが襲ってくるかもしれないから、明日の仕事の時間までゆっくりしてくれ」

「わたしなら大丈夫よ」

「きみは、これほど時差のある国に旅したことはあるのか？」

ヘレンの頬が熱くなった。実現しなかった結婚のための計画について思い出したからだ。彼女とジョージは、どこかに旅行するなど考えたこともなかった。なぜなら、自分たちの家を買うための資金を貯《た》めようとしていたのだ。あれだけ計画を立てたのにジョージは立ち去り、記録的な速さで彼が結ばれた女性は、ヘレンとは正反対のタイプだった。

「ええ、ないわね」彼女は認めた。

「時差ぼけの影響を甘くみないほうがいい」ガブリエルは優しく言い、静かに彼女を見つめた。「ヘレン、疲れているときに、気を引きしめなければならないと思わないでほしい」

「もちろんそんなことはしないわ」

「本当に？　とくにきみのようにストレスの多い環境で働く場合、誰だってたまにはリラックスする必要があるし、そうしても批判されることはない」

ヘレンがそれに対して何も答えないでいると、ガブリエルは背筋を伸ばして勢いよく言った。「では、ぼくはこれで失礼しよう。食事は、ルームサービスとレストランの、どちらでも構わない。もしレストランに行くなら、チェックインした建物の並びにある」

「ありがとう。それで、明日は何時にどこで待ち合わせて、街に向かうのかしら？」

「十一時にレセプション前で待ち合わせだ。その時間には、運転手が待機しているだろう」

彼が包帯を巻いた手で敬礼してから去っていくと、ヘレンは安堵《あんど》のため息をつき、自分の考えに向き合った。心臓が猛烈な勢いで鼓動を刻むのは、慣れ親しんだ安全な環境から遠ざかってしまったからに違いない。

ジョージとのことで成長したヘレンには、自分の選択を見極められるようになるだけのじゅうぶんな時間があった。セクシーで魅力的なボスに、その成長を台無しにされるつもりはなかった。

翌朝、ヘレンは十一時ちょうどにレセプションに行った。そして、ガブリエルが長いブロンドのパミーとしゃべっているのを見つけた。パミーの紅潮した頬や輝くまなざしから、彼女がこの印象的なイタリア人男性との会話でひどく興奮しているのがわかった。たとえガールフレンドと別れたとしても、すぐに次の候補が見つかるというわけだ。

ヘレンは咳払《せきばら》いをし、冷静にガブリエルを見た。すると、彼はゆっくりと彼女のほうを向き、こちらに近づいてきた。

またしても彼はカジュアルな服装で、グレーのズボンを穿《は》き、ポケットに特徴的なロゴが入ったグレーと白のストライプのポロシャツを着ていた。ヘレンは即座に、自分のダークブルーの膝丈スカートを不快に思い、首元まで留めたボタンをやぼったく感じた。しかも彼女は、ハンドバッグとともにノートパソコンの入ったバッグを肩にかけていた。

ガブリエルは片方の眉を上げたが、彼女の服装については何も言わなかった。

「取引に関するすべての関連情報をひとつのファイルにまとめて、メールしておいたわ」

「すばらしい。とても効率的だ」

「確認してくれた？」

「まだだ。すでに多くの事実確認が行われているから、すべてがスムーズに進むと思っている。とはいえ、これらは単なる形式的なものだ。そして当然ながら、すべて整わないかぎり、物事が障害にぶつかる可能性はまだある。もっとも、ぼくが指揮を執れば、その可能性は低いが」彼はつぶやくように言った。「ところで、よく眠れたか？」

「ええ、よく眠れたわ」ヘレンは運転手が開けてくれたドアから後部座席に滑りこんだ。その日もすばらしい天気で、花の芳醇《ほうじゅん》な香りが彼女の鼻孔を満たした。つかの間、自分が仕事でここにいるのではないという錯覚に陥りそうになったが、その幻想は長くは続かなかった。ボスが後部座席に乗りこんだ瞬間に、その幻想は完全に払拭されたからだ。

「ここは本当に美しいところだな」彼はそう言って運転席との間の仕切りを閉め、全神経を集中させるようにこちらを見つめた。

突然、親密なまでに閉ざされた空間が息苦しく感じられ、ヘレンは深く息を吸いこんだ。ガブリエルは、まるで世界にふたり以外は存在していないかのように感じさせるのがとてもうまい。会議中でも、彼が特定の相手に集中して、自分の思いどおりにさせることもあった。

しかし、相手がヘレンの場合は？ ふたりは完璧なハーモニーを奏でながら一緒に働いていたが、彼の相手に対する集中は、仕事上でしか発揮されたことがなかった。いまヘレンは、彼のまなざしのせいで奇妙なうずきを感じ、戸惑いと恐怖を覚えた。彼女は息をひそめ、太腿の間のうずきを静めるために体勢を整えている自分に気がついた。

「ええ」そう答えながらも、彼女の神経は高ぶり、いつもの冷静さを失っていた。「昨日、運転手が、この場所のこと、カフェやレストランのことをたくさん教えてくれたわ。それに、いたるところに息をのむような木々や花々が咲き誇り、本当に美しいと思う……」ヘレンの声がしだいに小さくなっていくなか、ガブリエルの視線は彼女に注がれたままだった。気のせいかもしれないが、彼のまなざしには、面白がるような色が浮かんでいた。

　こんな状態になるなんて、まったく自分らしくない。彼女はいつも真面目で自制心があり、軌道に沿った人生を慎重に歩んできた。それなのに、いまはボスを相手に胸を高鳴らせていることに当惑を覚えるしかない。

「今日の仕事には数時間かかると思うが、午後の残り時間は自由にしてくれて構わない」

「もし今夜中に議事録の作成に取りかからなければならないのであれば、仕事のあと、わたしはすぐにホテルに戻るけれど」

「きみは仕事熱心だね、ヘレン」彼の暗い色の瞳は真剣で、声は穏やかで思慮深いものだった。「しかし、せっかくカリフォルニアに来たのだから、ここにいる間に観光すべきだ。今夜はノートパソコンの前に座りこむ必要はない。明日のミーティングまでに議事録を作成する時間はいくらだってあるだろう」

「それはそうね。でも……」

「〝でも〟はなしだ。ぼくがきみを案内しよう」

　ガブリエルは、ヘレンを見つめながら、彼女の不快感が波のように押し寄せてくるのを感じていた。こんな場所でも仕事用の服を着た彼女には、普段とは大きく異なる事態など考えられないのかもしれない。プライベートな時間を彼と一緒に過ごすことは、彼女にとってどれほど難しいのだろう。彼女を威圧したこともないだけに、ためらわれる理由がわからない。

　ヘレンは二十代でありながら、まるでその倍の年齢の人物のように振る舞っている。ガブリエルは突然、そんな彼女について知りたいと強く思うようになった。彼は濃い色の瞳で、彼女のほっそりとした体、繊細な色白の肌、キューピッドのような口元、落ち着いた茶色の瞳の知的な輝き、そして小さな胸の膨らみを見た。手のひらで簡単に覆えそうだ。

彼は顔をしかめると、行きすぎた思考を仕事へと引き戻した。

その後、仕事がはじまっても、気を抜けばガブリエルの思考は、ヘレンへと戻っていた。自分のすぐ右側に位置する彼女のほっそりとした体に、無意識に惹《ひ》きつけられる。彼女は集中した表情を浮かべながら、起こっていることの詳細を把握し、光の速さで関連情報を引き出し、手の届く距離に設置されたプリンターですべてを印刷していた。

彼女は素早く、自信を持って、優雅に動いた。彼が何かを訊《たず》ねると、彼女はその質問の意図を的確に理解し、それに応じて答えた。途中、昼食が運ばれ、それを食べながら仕事を続け、四時過ぎにすべてが終わると、よくやったという自己満足に彼は浸った。

ガブリエルは仕事のスイッチをオフにした。細かい仕事をやり遂げたいまは、ただリラックスしたいと思ったからだ。

「よくやった、ヘレン」

エアコンの効いた快適なホテルから蒸し暑い夏の暑さの屋外に出たとき、ガブリエルに言われた最初の言葉がそれだった。

「ありがとう。事前の準備のおかげで、とてもわかりやすかったわ。ところで、もしあなたに他にすることがあるのなら、わたしひとりでも大丈夫よ」

「予定は空いている」ガブリエルが冷たいとも言える口調で言った。

本気で彼は、観光案内役をするつもりなのだろうか。ガールフレンドがいなくなったせいで、退屈を秘書で紛らわせようとしているに違いない。秘書を穴埋め要員としか見ていないのだろう。ガブリエルの驚くべき自信は、お金、権力、美貌からきており、彼女は冷静さを保つことがさらに重要であるように思った。

「あなたは前にもここに来たことがあるのよね？」ヘレンは訊ねながら、趣のある通りに並んだ完璧な店、戸口に掲げられた国旗、そして行き交う裕福そうな観光客を見た。活気に満ちた国際的な雰囲気が漂っている。

「正直、ぼくは観光をほとんどしたことがないんだ」ガブリエルは肩をすくめて認めた。

「せっかく観光する機会だったのに、フィフィがここにいなくて残念ね」

「でも、受け継いだぶどう畑のおかげで、この地域のことはよく知っている。ぼくはイギリスで育ったが、ぼくのルーツはイタリアとアメリカにあると思っている。だから、ここにフィフィがいようがいまいが、なんの問題にもならない」

ガブリエルの表情を見ると、何を考えているのかわからなかった。そのとき突然、ヘレンは落ち着かなくなって身じろぎをした。仕事をしていたときには問題なかった服装が、居心地が悪く、場違いな感じに思えてきたからだ。

「きみはカジュアルな服装を持ってきたのか？」彼女の心を読んだかのように、彼は優しく言った。

「ええ、もちろんよ」

「じゃあ、明日の仕事はカジュアルな服装でいい。弁護士たちでさえ、Tシャツを着ているんだからね」

「でも……」

「それと、水着はあるのか？　せっかくプールがあるんだから、泳がずに帰るのはもったいない」

「持ってきていないわ」

「そうだろうね。きみは働くためにここに来たんだから」そう言って、彼は笑った。

「だって、ここに長くいるわけでもないでしょう？」ヘレンは自分が、退屈で刺激のない人間に思えてきた。

「一日の仕事を終えて疲れきったきみは、絶対にプールでリラックスすべきだ。ずっと報告書や数字に目を通していたのだから、充電する必要があると思わないか？」

それを聞いてヘレンは笑いだした。

「ぼくは笑うようなことを言ったか？」

「だって、まるで机に鎖でつながれ、食べ物も与えられず、不眠不休で働かされていたみたいな言い方じゃない。実際には、おいしいランチも持ってきてもらったし、通常の勤務時間よりも短かったのだから、わたしのバッテリーは充電する必要がないの」

どうやらガブリエルは、ヘレンは命令されなければリラックスできないほど、仕事に没頭するタイプだと思っているみたいだ。もし、彼女の別の側面、つまりワイルドで無謀な側面を見たら、どう思うだろう。

そう思った次の瞬間、ヘレンはいつ、自分自身を解放したことがあっただろうかと疑問に思った。幼いころから叩《たた》きこまれてきた人生の教訓すべてに、あえて背を向けようとしたのはいつだっただろうか。いくつもの考えが、ヘレンの頭のなかを駆け巡った。

かつてジョージは、ヘレンの支えであり、盾でもあった。外には危険な世界が広がっていて、彼は彼女にとって必要な守護者だったのだ。ロンドンに移り住んでからは、守護者なしでも危険な世界でうまく暮らしている。クラブやバーに行くことはないし、誰かと気軽にベッドをともにしたり、男性とたわむれたりすることもしない。けれど、それは彼女が退屈な人間だという意味ではなく、大胆さが表面下にひそんでいないという意味でもない。

ガブリエルに楽しげにからかわれたり、こんな馴染みのない環境でセクシーな瞳で見つめられたりすると、なぜか彼女のなかの何かが刺激され、自分の意外な一面を彼に見せたくなってしまう。ヘレンは深く息を吸いこんだ。

「でも、あなたの言うとおりね。泳ぐのは大好きで、昔から得意なの。時差ぼけもしていないし、泳げたら最高だわ」ヘレンは周囲を見回した。「どこかに水着を売っているお店があるはずよね」

ヘレンはガブリエルの顔に驚きの表情が浮かんだのを見て、勝利のようなものを感じた。まるで彼は、彼女がリラックスすることの恐ろしさから逃げ出すとでも思っていたみたいだ。

「どこにだって売っている」

「それなら、探しに行こうかしら」

「一緒に行こう。さっきも言ったように、このあたりには詳しいんだ」

「その必要はないわ、ガブリエル。見知らぬ場所にいたって、途方に暮れたりしないから」

ガブリエルはためらいがちに立ち尽くすと、黒い髪を指でかき上げた。

「水着を売っているお店を見つけ、買い物をし、自分で帰れるから安心して」

「ああ、わかった……」

「それじゃあ、また明日」

「今夜、テリー夫妻とディナーの約束をしているけど、きみも歓迎するよ」

「遠慮しておくわ。だって、おふたりはご両親の昔からの友人で、もう何年も会っていないと言っていたでしょう? きっと、部外者はいないほうがいいと思うの」

数秒間、ふたりのまなざしが絡み合い、ヘレンは息が止まりそうになった。彼の濃い色の瞳は美しく、いまのように鋭い目を向けられると、とても気になった。「あなたの手はあまりうまく動かないかもしれないけれど、食べ物を切ったり食べさせたりするのに、わたしが一緒に行く必要はないはずよ」

「いつから皮肉を言うようになったんだ？」

「ごめんなさい。らしくないことを言ったわ」ヘレンは目を伏せた。いつもの環境から離れた場所にいることで、落ち着きを失っていた。

「謝る必要はない」ガブリエルに優しく言われ、その声に彼女は震え上がり、炎に包まれるまで火に近づいても安全だと感じることがあるのを思い出した。いまの気分は――まさに炎のそばにいるみたいだ。

もし彼が突然、彼女のなかにある変化を求める何かに火をつけたのだとしたら、それは悪いことではない。慎重であることと、決して危険をおかさないことはまったく違う。危険をおかさない人生なんてあるわけがない。それに、いま目を細めて彼女を見ている男性の前で仕事着を脱いで身軽になっても、さほど危険ではないはずだ。

「ところで、明日の朝は何時から仕事かしら」彼女は沈黙を破るように口にした。

「慌ててベッドから出る必要はない。今日と同じ時間だ」

「わかったわ」ヘレンは一歩下がり、周囲を見回した。「何もなければ、もう行ってもいい？」

「ああ、構わない。ホテルに戻るときは、ぼくの運転手に迎えに来てもらうといい」

ヘレンは微笑み、彼の運転手の電話番号をスマートフォンに入力した。そして彼が、何か食べたり飲んだりしたければどこに行けばいいかなど、いろいろと親切なアドバイスをしてくれる間、丁寧に耳を傾けた。やがて彼に、ひとりでも本当に大丈夫かと確認されて、彼女は顔をしかめてため息をこらえた。

「大丈夫よ。もし無理だとわかったら、すぐに運転手に電話して、助けに来てもらうわ」彼女はオフィスでは見せないような甘い笑みを浮かべた。それを見た彼が当惑したように眉をひそめたのを見て、気分はよくなった。

ヘレンがいままでと態度を変える理由をひとつ挙げるとすれば、それはガブリエル・デルーカが彼女を、コンピュータの前では頭が切れるかもしれないが、それ以外のことに関しては無知な人間として扱ったことだった。

3

長い夜だった。というより、そう感じられた。ガブリエルはレストランで気もそぞろになり、テリーとキャロとともにシャンパンとロブスターを前に世間話をしながらも、頻繁に腕時計に目をやった。

テリーとキャロとはしばらく会っていなかったし、ふたりを非常に気に入っていた。子ども時代のガブリエルのとんでもなく贅沢《ぜいたく》で、しかし不確かな世界において、ふたりは自分の両親以上に誠実な存在だったからだ。

かつて彼らは、ふたつの広大な敷地に隣り合わせで暮らしていた。彼の両親はそこを拠点に世界中を旅して回ること以外は何もせず、屋敷の維持管理は他の人々に任せていた。しかし、テリーとキャロは両親よりも年上で、旅行はめったにせず、屋敷とその広大な敷地に手を加えることすべてに誇りを持っていた。

　ふたりの乳母とさまざまなスタッフはいるものの、ガブリエルの両親が旅行中のときは、どういうわけかテリーとキャロが何かと目を配ってくれていた。

　持ち株から莫大《ばくだい》な不労所得を受け取りながら自由気ままに生活するガブリエルの両親のことを、テリー夫妻はどう思っていたのだろうかと、いまさらながらに考えた。夫妻は決して何も言わなかったし、当時のガブリエルも両親の行動を気に留めないようにしていた。

　六歳のときから、年配の夫婦が彼をアイスクリームパーラーや食事に連れ出したり、移動遊園地やパターゴルフに連れていってくれたりしたのを覚えている。この間、ガブリエルの両親は世界中を飛び回っては、訪問した刺激的な国々からのお土産を携えて帰ってきた。両親は数週間だけ屋敷に滞在したが、それは次の旅に向けて体を休めるための時間だった。

　十一歳のとき、ガブリエルはイギリスの寄宿学校に送られ、二度とアメリカに戻って生活することはなかった。けれど、両親の死後も、彼をサポートしてくれた子どものいない夫婦とは連絡を取り合っていた。

　それなのに、時計ばかりに気を取られ、早々に彼らと別れてしまったなんて、信じられない。しかし、ガブリエルは秘書のことを考えずにはいられなかった。なぜなら、彼女の冷静で平穏な表面の下に、燃え盛る炎のようなものを垣間見たからだ。

　彼は心のどこかで、その炎はつねにそこにあったと気づいていた。彼女が目を伏せ、微笑《ほほえ》みを浮かべたとき、彼はまるで羽毛みたいに柔らかな何かが、肌の上をとても滑らかに通過したように感じていた。

他のどの女性も彼に起こさせることのできなかったこの感覚を、彼はいつも落ち着かない気持ちで払いのけてきた。しかし、オフィスとは別の環境にいるせいなのか、彼はヘレンと別れてからずっと、彼女のことが頭から離れなかった。

彼は秘書に対して興味など持ちたくなかったが、持っていた。彼女に触れたいと思いたくなかったが、思ってしまった。いつからそう思っていたのだろう。フィフィとの失敗によって自分のなかで何かが変化し、なんの約束もなしに過ごす人生は無意味なものだと直面させられた気がしてならない。いままでの自分は肉体的な欲望に溺れるだけで、責任を回避しながら人生を費やしてきたも同然だ。不安な考えだったが、彼と両親に違いなどない。自己の欲求だけを追求する姿に変わりないからだ。

ガブリエルはまだ日が沈まないうちにレストランを出ると、仕事をするしかないと考えた。コテージに戻って仕事に打ちこめば、朝までには彼を苦しめている一過性の熱は消えるだろう。たとえそれがどんなに微熱であったとしても、彼には秘書との仕事上の関係を危うくするつもりはなかった。誘惑に打ち勝つことはできる。

ヘレンはこれまでで最高の秘書だ。仕事上、互いに調和することで、いつも彼を驚かせてくれた。彼女はおそらく自分で思っている以上に賢く、より多くの資格を身につければ、もっと大きくてやりがいのある職場に行けるだろう。だからこそ、彼女に見合った報酬を支払い、さらにその倍を支払うことで、忠誠心を確かなものにしていた。

ヘレンはプライバシーを大切にしていて、彼は境界線を決して踏み越えないようにしてきた。同僚たちと一緒にいるときでさえ、彼女の周囲には壁のような何かがあるのが彼にはわかった。いったいなぜだろう。

それは、いままで彼が自分に許さないようにしてきた好奇心だった。何が彼女の心を動かすのかわからない。いままでの人生に男性はいたのだろうか？　彼と同じようにヘレンを見ている男性はきっといるだろう。彼女がどれほど地味な服を着ていてもセクシーで、深みや中身のある女性だとわかるような男性が。しかし、いくら秘書とふたりで異なる環境にいて、たとえガブリエルが女性を追いかけるスリルが好きだとしても、三年分の良識ある関係をふいにしたくはない。いままでうまく無視してきたものの、ヘレンを彼のそばでよく働く物静かで控えめな女性以上の存在として考えはじめていると気づくのは、もどかしいことだった。

彼は女性たちとの交際を楽しんできたが、いつまでも続かないからこそ気に入っていた。そう、いままでは。誰が、いつまでも落ち着かずにいたいだろう。だからといって、愛だけが唯一の選択肢であるという意味ではないが。ガブリエルにとって愛は破壊的な力だった。それは、彼が自分の両親から学んだことだった。愛は猛火のように燃え上がり、制御できず、すべてを焼き尽くす。両親は、息子を含め、あらゆるものを排除して愛し合った。

ガブリエルが歩けるようになった瞬間から、なぜ両親は彼を放っておいたのだろう。ふたりは互いに夢中すぎて、自分たち以外を気にする余裕などなかったのだ。ふたりともひとりっ子で、莫大な財産を相続していた。だから、生まれながらの特権を利用するだけで、何もしてこなかった。もし働く必要があれば、現実が見えていたのだろうか。

そして、愛？　愛は彼らを利己的な人間にした。ふたりが一緒に死んだのは不幸中の幸いだった。なぜなら、どちらかが先にいなくなれば、もうひとりも長く生きられなかったと確信していたからだ。だからこそ、愛など自分には不要だ。そんな不確かなもので、自分を弱い立場に置くという考えには嫌悪感を抱いた。

テリーとキャロも愛し合っているが、彼らのように他者に迷惑をかけない例はほとんどなく、ガブリエルにとって、自分を誰かに委ねることはなんとしても避けなければならなかった。

将来的には、結婚しようと考えるかもしれない。永遠に女性を取っ替え引っ替えするわけにもいかないだけに、結婚にはそれなりの利点があることは認める。相性のよいふたりが、気持ちの浮き沈みのない関係を築くのだ。何しろ、誰が相手だとしても、いずれは情熱が尽きるときがくるのだから。

彼の人生には女性が次々と現れ、セックスとなると誘惑に抗《あらが》うこともなかった。ふたりの大人が同意すれば、それはとても幸せな方程式となる。彼は決して守れない約束はしなかったし、実現しないとわかっている未来について語ることもなかった。いまになってようやく、彼の足元の地面が揺れはじめた。

ホテルに戻ってくると、運転手つきの車は音もなく中庭を回り、華やかな花の咲く木々の前で彼を降ろした。日は傾きはじめてはいたが、まだ外は暖かい。彼は、周囲には目を向けずにコテージへと向かった。

このホテルのロマンティックな雰囲気に、彼はしだいに苛立《いらだ》ちはじめていた。シャツについた花びらを払おうとしたとき、かすかな水音が聞こえてきた。誰かがコテージの裏のプールで泳いでいる。ガブリエルはためらったが、好奇心が勝ってしまい、コテージの脇を縫う小道をたどっていった。その小道は、背の低い木々や花が咲き誇る低木に囲まれているうえに、まるで岩や石、土が自然に切り出されたかのように巧みに作られていた。

彼は自分が何を期待しているかわかっていた。その期待が間違っていたらいいと思う反面、静かな空気のなかで震えるかのような水しぶきの音は、晩夏の暖かさと太陽を満喫したい他の地域から来た者によるものだと半ば期待していた。

プールのそばにある木の下まで行くと、そこに立ち尽くした。ヘレンが魚のように優雅に泳いでいる。黒いワンピースの水着に包まれた細い体は水を切り裂き、息を吸うために頭を傾ける必要もないほどだった。ガブリエルは、これほど目を奪われる光景は見たことがないと感じた。

オフィスでのスーツ姿や、いちばん上までしっかりとボタンを留めたブラウスの下に、これほどスレンダーで完璧なプロポーションを隠すことが可能なのだろうか。泳いでいても、彼女の力強くかたちのいい脚、引きしまった腕、くびれたウエストの曲線がわかる。

ガブリエルは深く息を吸いこんだ。前に進むことも、後退することもできなかった。頭のなかでくり広げられていただけのイメージが、千倍も魅力的な現実となって現れた。彼女が泳ぐのをやめてコテージのほうを向いた瞬間、木陰に立っていた彼の顔が熱くなった。

チャンスがあったときに立ち去るべきだったが、遅すぎた。ふたりの視線が絡み合うと、彼女のほうに足を進めた。なぜなら、自然な態度で話すことが、立ち去るよりもいい選択に思えたからだ。

「泳ぐことにしたんだね」

プールはとても大きな池のようなかたちをしており、張り出した木々の間から差しこむ夕日が水面に模様を作っていた。ヘレンの髪は濡《ぬ》れて頬に張りつき、肌は滑らかで肌理《きめ》が整っているのがわかる。

「ここで何をしているの？　友人と食事に行くと思っていたのだけれど」

「仕事だ」彼は近くにあった木製の椅子をひとつ引

き寄せた。そこに置かれた椅子が、プールが木立の真ん中にある自然の水辺ではないという証明のようなものだった。彼は椅子に座って前かがみになり、両肘を太腿についた。「まだ調整が必要な細かい作業をすませるため、夕食は早めに切り上げたんだ。ところで、プールはどうだ？」

「仕事をするために帰ってきたのなら、ここで話していていいの？」

「急にぼくも泳ぎたくなった。ここに来てから一度もプールを使っていないし、泳ぐにはいい気候だ」

ガブリエルは彼女から目が離せなかった。彼女の目の大きさに、どうしてもっと注意を払わなかったのだろう。それに、まつ毛の長さ、豊かさや濃さ、唇がどれほど美しくふっくらしているかに。

「わたしはちょうど、泳ぐのをやめて外出しようと思っていたところだったの」ヘレンは内心で自分を責めた。なぜそんなことを言ってしまったのだろう。

彼女は泳ぎながら、冷たい水が自分の肌を滑る感覚とプールの静けさを楽しんでいた。けれど、次の瞬間、木陰にボスを見た。ゆったりとしたズボンのポケットに手を入れた、洗練された姿の億万長者を。

ガブリエルを見た衝撃で、ヘレンは鳥肌が立った。彼はこちらに向かって歩いてきたが、近づくにつれ、彼女は混乱状態に陥った。プールのへりに手をかけ足先で水をかいているヘレンは、無防備な気分になった。プールは池を模して作られたのかもしれないが、水は塩素で澄んでいるだけに、水面下の水着姿の体を意識せずにはいられないからだ。

「外出する？」

「ええ」

「もしきみの楽しみを邪魔してしまったのなら、悪かった。遠慮なくぼくを無視してくれ。ここに座って、仕事をする前に少し休憩するよ。ところで、夕食はすませたのか？」

「これからよ」立ち泳ぎするのには疲れたが、ガブリエルはどこにも行く気配がない。

「すませてないのか？　きみは遠慮しすぎてる。ルームサービスを頼むのも、レストランに食事に行くのも、気まずく感じる必要はないんだ」

「気まずいなんて誰が言ったの？」

「もちろん、きみはそんなことを言ってない。きみが泳ぐために五分間だけ仕事を中断してくれたのはよかったが、コテージのミニバーのスナックを夕食代わりにして、就業時間後にも働くつもりに思えたんだ」

ヘレンは水中にいることで、少し寒く感じはじめていた。日の光が急速に弱まり、気温が下がったことも関係しているのだろう。

ガブリエルの瞳が自分をじっと見つめるのを感じながら、ヘレンは自意識過剰で不器用な自分を奮い立たせた。そして、プールから出ようとしたとき、包帯を巻いていないほうの手が差し出された。彼の手を取って水から上がった彼女は、バランスを崩して彼にぶつかった。その拍子に、ヘレンの両手が彼の胸にすがりつくように押し当てられ、気を失いそうになった。たくましく男らしい体は鋼鉄のように硬く、鍛え抜かれた筋肉を感じたからだ。

彼が使っているアフターシェーブの芳《かぐわ》しい香りを吸いこむと、焼けつくように熱い性的な感覚に巻きこまれ、衝撃を受け、恐怖すら感じた。

ヘレンが警戒した目を向けると、ガブリエルのきらきらと輝くまなざしが彼女の目から口元へと移動し、そこにとどまる様子に魅了された。彼の指先が近づいてきて、衝撃的なほど親密な仕草で彼女の口の輪郭をなぞった。

一瞬のことだったが、彼女がまたよろめきそうになりながら後ずさりすると、彼は口元から指を離した。けれど、その代わりに、今度は彼女の腕をつかんだ。少なくとも、彼女の混乱した脳を落ち着かせるだけは離れられた気がする。

「大丈夫か？」

「もちろんよ」

「よかった。これ以上の傷病者はいないほうがいいからね」ガブリエルは包帯を巻いた手を上げて言ったが、彼女を見つめるまなざしは深く、暗く、荒々しいものだった。そして、仕事上、決して越えてはならない境界線を踏みにじっていた。

それとも、そう感じているのは気のせいだろうか。なぜなら、ヘレンの熱を帯びたような感覚は、想像の産物にすぎないかもしれないからだ。けれど、彼の指が自分の口に触れたことは想像と思えない。その行為は、彼女の脳裏にしっかりと焼きついているのだから。

ヘレンはマラソンをしているかのように呼吸が速くなった。「離して！」彼女がつかまれた腕を引くと、彼は一歩下がった。

彼女はタオルを取ろうと身をひるがえした。水着は体にまとわりつき、湿った布地のせいで胸の先端が硬く敏感になり、うずくほど反応しているのがわかった。

何度か呼吸を整え、相手は自分のボスであることを思い出した。そう、ボスだ！　それをよく覚えておく必要がある！

「もう行くわ」

ガブリエルはこれほどの緊張をいままで感じたことはなかった。ふたりの間には、まるで電気が流れているみたいだ。ヘレンは彼の頭のなかにいて、まともに考えさせてくれない。そして、彼の全身が、彼女に触れたいと訴えている。

「悪かった」彼の声は冷静なものだったが、ズボンのファスナーに押しつけられるものが痛みを感じていた。

ガブリエルはヘレンに背を向けると、プールから離れようとした。彼女が自分の横でつまずいたのを感じたが、彼はあえてそちらを見なかった。ズボンの下の膨らみに気づかれてしまっただろうか。もし気づいていたとしても、彼女はなんの反応もしなかったが。

ヘレンがプールサイドの低い木の枝にかけたタオルを取ろうとしたとき、小さな胸が強調されたのが目に入り、ガブリエルは歯を食いしばった。そして、先ほどのことを思い返す。いったい何に取りつかれて、あんなふうに彼女の口元に触れたのだろう。一瞬だけのことだったが、それでも言い訳はできない。いつから彼は、頭ではなく、体に支配されてしまうようになったのか。

ガブリエルはヘレンをコテージのドアまで送り届け、彼女がプールに持っていった布製のバッグから鍵を取り出そうとしてもたつくのを見ていた。ようやく彼女がドアを開けて部屋に入ると、ドアが閉められる前に彼も部屋に入った。

「どうして入ってきたの？」

ヘレンは彼に向かって振り向き、二、三歩後ろに下がった。彼女はタオルを腰に巻いているが、上半身は水着で覆われているだけで、気になってしかたなかった。Ｖ字になった切れこみのせいで、胸の谷間があらわになっている。

胸の前で腕を組んで、彼を見つめる。ヘレンの心臓は、猛烈な勢いで鼓動を刻み、しだいに口のなかが乾いてきた。ガブリエルのまなざしが気になってしかたない。彼女は仕事用の服、ノートパソコン、オフィスチェアがあればいいのにと思った。それに、大きなデスクはふたりの間にじゅうぶんな距離を作り、必要な物理的障壁となって、自分たちの役割を思い出させてくれるだろう。

そう、彼女は自分の役割を思い出さなくてはならない。なぜならいま、ガブリエルの存在の重みに窒息しそうになっているからだ。ジョージと婚約していたときは、彼が自分にふさわしい人だと思っていた。それなのに、ジョージにはこんな気持ちにさせられたことはなかった。突然、全身がありえないほど敏感になったかのように感じさせられたことなどは。

感じたくないことを感じさせるガブリエルに、憎しみに近い感情を抱いた。この忌ま忌ましい場所が、彼女の心をかき乱したのだろうか。いいえ、そうではない。オフィスでのヘレンは仕事用の服をしっかり着こんで警戒を怠らなかったが、彼がそばに近づくだけでどきどきしていたし、視線は彼の姿を追わずにはいられなかった。

「出ていって」彼女は硬い口調で言った。

ガブリエルは指で髪をかき上げた。「プールサイドでのことだが……」

「そのことは話したくないわ」

「ぼくはきみに触れてしまったが、いったいどうしてかはわからないんだ」

「あなたは何を言っているの？　水着のままで寒くなってきたから、もう自分の部屋に戻って。それに、仕事をするために早く帰ってきたのよね？」

「ヘレン……」

「やめて！」

ふたりのまなざしが絡み合った。沈黙はとても重く、心臓の荒々しい鼓動が相手に聞こえてしまいそうな気がする。

「あの場では、何もなかったの。そう、何も」

「きみは何もなかったふりをしたいのか？　それなら構わない」彼は深く息を吸いこんだ。「きみはとても大切な存在だけに、スタッフとしてのきみの立場を危険にさらすことは決してない」

ヘレンは、言われたことに安堵《あんど》のため息をつくべきだとわかっていたが、彼の安心させるような言葉に落ち着くどころか、怒りと反抗的な気持ちがわいてきた。

ガブリエルは、ヘレンをパニックに陥れたつかの間の接触から、謝れば逃れられるだろうと安易に思いこんでいるみたいだ。それに、彼女の水着姿を、不必要なまでに見つめていた。彼女は、彼が普段惹《ひ》かれるようなタイプの女性ではないだけに、その理由がわからなかった。きっと、いつもの仕事着姿ではないことに驚かされたに違いない。彼は人を惹きつける力に絶対の自信を持っているので、異国の地で秘書に誘いかけても、自分が断られるとは思ってもいなかったのだろう。

「それはよかったわ」答えながら、誘惑されそうになる気持ちを抑えた。結局のところ、ヘレンは彼のために働いているのだから、慎重であるに越したことはない。しかし、それは大変な努力を要した。

「ぼくはきみの境界線を尊重する。さっきも言ったように、ぼくは自分がどうしてしまったかわからないんだ」

「過ぎたことだわ」ヘレンは小さな手を怒りの拳に握りしめながら、低い声で返した。「もう何も言わないで」

ヘレンの要望を無視して、ガブリエルが続けた。

「さっきのことは忘れて、前に進もう。ここでも、ロンドンに戻ってからも、きみに不快な思いをさせたくないから、はっきりさせておきたかったんだ」

ヘレンは歯を食いしばった。どうしてこんな泥沼にはまりこんでしまったのかわからなかったが、ここまできた以上、彼に立ち向かうことで泥沼を通り抜けて反対側に出るか、あるいは身を守らずにそのまま沈んでいくかのどちらかしかないような気がした。

「あなたって、本当に自分本位ね」

「なんだって？」

「あなたはわたしを驚かせた」ヘレンは頬を紅潮させながら認めた。「でも、大げさに考えないで。二度とくり返さないとわたしを安心させるために、無理をしなくてもいいの。あなたと一緒にいるとき、怯《おび》えて縮こまるつもりはないから。それに、あなたはわたしのタイプじゃない。わたしはあなたのために働いているだけなの。あなたはわたしのボスで、わたしたちがうまく一緒に働けるのは、わたしがあなたが付き合うタイプの女性たちとは違うからよ」

「きみを安心させたかっただけなんだ」

「あなたに惹かれてなんかいないわ！」

「ぼくはそんなことを言ってない」ガブリエルは小声で言った。「そうだろう？」

思わずヘレンは笑いそうになった。いままでボスがこれほど困惑しているのを見たことがなかったし、女性が自分を魅力的だと思わないという考え自体、明らかに理解していないからだ。

「真実を知りたい？」この際だからと思い、彼女は続けた。「わたしはあなたの女性に対する態度を認めないわ」

「どういう意味だ？」

「こんなことを言うべきではないとわかっているけれど、誤解がないように、わたしの立場を完全に明らかにしておくべきだと感じているの」

「聞かせてくれ」

「わたしには、遊び人に付き合う時間なんてないの」腕組みをした彼女は、信じられないといった表情でこちらを見つめる彼を見た。寡黙で従順な秘書にだって意見はあるのだ。彼女は満足感でいっぱいになった。その感情は、後悔するかもしれないことを言う恐怖よりもはるかに勝った。「あなたはわたしを無力だと思っている。いいえ、絶望的と思ってるのでしょうね」

「ばかげている」

「そうかしら？　あなたはわたしが、男性に騙《だま》されやすいタイプと思ってるんでしょう？　あなたに軽く触れられただけで、ぼろぼろになってしまうかもしれないって。わたしは異性に対して、まったくの未熟者だと思ってるんだわ」

「そうなのか？」

「違うわ！　婚約していたことだってあるんだから」

ガブリエルは口をぽかんと開け、こちらをじっと見つめた。ヘレンは自分の口から出た言葉を後悔した。ずっと黙っていたのに、つい口を滑らせてしまった。

「何があったんだ？　話してくれたことはなかったよね」

「だって、あなたには関係ないもの。そういうわけで、男性と何かがあっても自分で対処できるし、ぼろぼろになることもないの。だから、心配しないで」

「何があったんだ？　うまくいかなかったのか？」

「くり返すけど、あなたには関係ないことよ。婚約破棄のことを言ってしまったのは、経験上、あなたみたいな男性とは付き合わないと知らせたかったから。もうこの件は終わったことだと思って」

「きみがそう言うなら」

「わかってもらえてよかったわ。じゃあ、そろそろ出ていってもらえる？」

「もちろんだ」

ガブリエルはドアに向かいはじめた。ヘレンの発した一言一言が、彼の欲望を刺激した。それにしても、かつて婚約していた？　彼が垣間見た奥深さは、いまや危険なほど魅力的に感じられた。

彼は彼女のタイプではなかった。ではどんな男がタイプなのだろう。婚約していた相手？　いまもその男に未練がある？　彼女は、おそらくその男の手に負えない存在だったはずだ。強い女性に威圧されずに対処できるのは、強い男だけだからだ。

ヘレンを安心させるために、彼は彼女を尊重することを強調し、百パーセント正直な気持ちで話した。しかし、頭のなかで自分の短いスピーチを再生すると、たとえそう意図していなかったとしても、自分がいかに恩着せがましい言い方をしたかがわかった。

それにしても、ヘレンが自分の意見をこれほど熱く語ってくれるとは思ってもいなかった。ガブリエルは彼女の過去を知りたいがために質問し、会話を長引かせた。危険な領域についての質問だ。

「契約内容の細かい矛盾点はすべて解決して、署名用に印刷できるよう、準備しておく」彼はドアに片方の手をかけ、半分部屋の外に出た状態で彼女に向き直った。「では、また明日の十一時に」

こちらを見るヘレンの目は冷静で、よそよそしいものだった。ガブリエルは、歯切れよく話す秘書としての彼女と、唇に触れたときの彼女と、彼に怒りを見せた彼女を頭のなかでうまく調和させることができなかった。それに、彼が予想もしなかった過去を隠していた彼女も。

自分は本当にヘレンの男性のタイプではないのだろうか。あの身体的な反応は、一方的なものとは思えなかった。彼が触れたことで、彼女は反応した。そして、彼女が主張したように、ただ驚いただけではなかったはずだ。

彼女の否定の言葉には、彼に触れたいという禁断の衝動が隠されていたのだろうか。それは彼女が何カ月も何年もかけて注意深く隠してきたことなのか。

それとも彼の単なる思いこみなのか。

すべては、無意味な憶測だ。

ガブリエルはふざけたような敬礼とともに、長いまつ毛の下からヘレンを見た。「すべて順調に進んでいて、契約の障害になるようなことは起こりそうにない。早ければ、明後日にはロンドンに戻って、このことをすべて忘れられるだろう」

4

「よし、いいだろう」ガブリエルはノートパソコンをオフにした。会議テーブルには、取引の微調整を担当する五人の重要な人物が座っている。税務を専門とする会計士がひとり、ふたりの優秀な会計士、そして、あとのふたりは細部に至るまで万全を期す顧問弁護士だ。

そして彼の右隣に座る秘書は、熱心に議事録を作成していた。ヘレンはときどき、低く抑揚のある声で、改善点を指摘した。彼女の説明によると、アルトゥリオは現代の技術用語に精通しておらず、言葉を少し変えたほうがわかりやすいということだった。

これがふたりの連携だ。すべてが元どおりになり、世界はすべて正常になったとガブリエルは思った。

　しかし、彼はプールで泳いでいたヘレンを驚かせたときの記憶を、消し去ることができなかった。そしてその後、彼女が彼のライフスタイルの選択についてどう思うかを話したときの燃えるような瞳のこと。そして、クールでハスキーな声で、彼は自分のタイプではないことや、婚約していたことを告げたときの誇らしげな姿も忘れられずにいる。

　翌日、ガブリエルは彼女と会い、あの出来事などなかったかのように仕事上の関係を再開した。

　ヘレンは礼儀正しく、親しみやすく、もちろんいつものように有能だった。彼が横目で見ると、滑らかな指がノートパソコンのキーボードの上に置かれているのが見えた。ほんの数センチ動けば、腕に触れることができるだろう。彼女をもっと知りたいと思ったが、それと同じくらい、何も聞かずにいるほうがいいとも思った。

「明日、アルトゥリオに会う」そう言って彼が立ち上がると、みなは急いで荷物を片づけて立ち上がった。「これで準備はすべてできた。きみたちの努力に感謝する」

　ガブリエルは周囲を見回した。五人すべてが男性で、うちふたりは複雑な買収案件に非常に経験豊富な五十代の既婚者、もうひとりも既婚者で指輪を嵌《は》めている。あとのふたりが三十代前半のさわやかな独身で、このふたりがちらちらヘレンを見ているのに気がついていた。ガブリエルはそんな状況を見て歯を食いしばったが、何も言わずにいた。

「まだ五時前だ」ガブリエルは時計を見た。「シャンパンとともに、早めのディナーで祝わないか？」

　ガブリエルが予想していたとおり、同意の声があがった。彼が何かを提案すると、それがなんであっても承諾されるのが普通だった。

「もし差し支えなければ……」

すぐ隣にいたヘレンの丁寧な声に、ガブリエルは動きを止めた。

「わたしは遠慮するわ。明日は帰国だから荷造りしなくてはいけないし、少し仕事も残っているから」

ガブリエルは顔をしかめた。ヘレンはノートパソコンをバッグに詰めこみ、薄手のコートを手に取った。今日の彼女の仕事用の服もきちんとしたものだ。膝丈の青いスカートのウエストに、青と白のストライプのシャツをたくしこみ、キャンバス地のフラットシューズを履いている。

「きみはこのチームの一員じゃないか」彼は低い声で言った。

「アルトゥリオは署名するだけでいいように、明日までにすべてプリントアウトしておくわね」

「ヘレン……」

「わたしのフライトは夕方だから、何か変更があっても間に合わせるわ」

「わかった」ヘレンが巧妙に、彼がうなずかざるを得ないようにしたとわかっていた。ガブリエルは髪をかき上げながら、秘書が来ても来なくても同じだと思った。

いいや、ヘレンなど来ないほうがいい！

彼女が突然、最大級の邪魔者に感じられた。一週間余分にカリフォルニアに滞在して、テリー夫妻に会い、ぶどう畑をもう一度見て回ることにしよう。アルトゥリオとも、もっと一緒にいられるだろう。

ガブリエルは、アルトゥリオに自分の家族について訊《たず》ねたが、それはある意味、他人について訊ねるようなものだった。彼は自分の知らない過去の断片のいくつかをアルトゥリオから手に入れたが、もっと多くの断片を手に入れたいと望んでいた。家族を持つのがどういうことなのか、遅まきながらガブリエルは知りはじめていた。それは彼にとって、想像以上に大きな意味を持っていた。だから、アルトゥリオと話すのはいいことに感じられた。

それに、少しでも長くここにとどまれば、手を出してはいけない女性に対する予期せぬ反応から回復する時間を体に与えることにもなる。彼は頭のねじを締め直して、ロンドンに戻れるだろう。

「ヘレン、一緒に行こうよ」若い弁護士のひとりから、なだめすかすような懇願が聞こえてきた。

「どうやらきみにはファンがいるようだ」ガブリエルは声を落として、硬い口調で言った。

ヘレンはそれに答えず、みなに別れを告げ、握手を交わしていた。年配の男性から何かを言われて、微笑《ほほえ》んだのがわかった。それは「アメリカで仕事が必要になったらいつでも言ってくれ」というような内容だった。

「彼は弁護士なんだ」他の面々が会議室から出ていく間、彼女と一緒にドアの脇に立ちながら伝えた。

「ぼくなら、彼の言うことを鵜呑《うの》みにしないね」

「心配してくれてありがとう」ヘレンは笑った。

「実は、あなたがわたしに教えてくれなくても、それくらいわかっているの」

ガブリエルは彼女に微笑み返し、その瞬間、完璧なまでに通じ合ったものを感じた。ふたりの間に芽生えた性的緊張感と奇妙で不穏な雰囲気をすべて取り除いたら、手にしたのはこれだった。言葉は必要なく、視線を交わすだけですべての会話が成立するような、気楽な親しみやすさだ。

「契約がまとまったら、アルトゥリオと過ごさないの、ガブリエル？」

彼はヘレンに家族のつながりについて話していた。

「ああ、すべてが終わったら、そうしたいと思っている」

「絶対にそうすべきよ。きっと楽しい時間を過ごせるわ」

「きみの言うとおりかもしれないな」ガブリエルは

微笑んだ。「いまぼくたちは、個人的なことを話す雰囲気だと思わないか？　ぼくは、きみときみの元婚約者の間に何があったのかを知りたい」

「ガブリエル……」

「彼の名前は？」

「みんな、あなたを待っているわよ」

「少しくらい待っていてくれるだろう。それで？」

「ジョージよ。彼の名前はジョージ」

「ぼくには関係ないことだと言いたいだろうが、いったい何があったんだ？」

「たいしたことじゃないの」

ヘレンはそう答えたが、話したいという誘惑に駆られているとガブリエルにはわかった。

「うまくいかなかっただけ。わたしたちはとても若かったし、結婚する前に、彼は正気に戻って別れを切り出したの」彼女は少し顔をしかめた。「もし彼が別れを切り出していなかったら、わたしがそうしていたでしょうね」

ガブリエルは何も答えられなかった。ヘレンが話してくれるとは思ってもいなかったからだ。このまま会話を続けて詳細を聞きたかったが、彼女が言ったとおり、他のみんなが待っている。そのみんなのなかには、ヘレンを見ていた男もいる。

ホテルのロマンティックさに触発されたことで、彼女は元婚約者を忘れ、ふたたび独り身を満喫しようと思いはじめているだろうか。あのホテルには、確かに彼の心を揺り動かす雰囲気がある。だから、彼女もそう感じていたとしてもおかしくはない。

「言葉を忘れてしまったの、ガブリエル？」ヘレンは虎の尻尾を引っ張ってみたいという感覚に近い、おかしな欲求を抱いた。「たぶんわたしには、こんなちょっとした休息が必要だったのね。ハンサムな若い男性と話せたのも、とてもリラックスできたし。

あなたは彼をわたしのファンだなんて言ったけど、長くここにいるつもりはないと、ちゃんと彼に伝えたわよ」

どうしてそんなことを言ってしまったのだろう。

ヘレンはまた未知の領域に足を踏み入れたので、肌がちくちくするのを感じた。この会話は、何もおかしなことではないと自分に言い聞かせた。ただ、長年にわたって培ってきた仕事上の関係、つまり個人的なことはめったに口にしない関係だからこそ、とんでもないと感じたのだ。

「でも、先のことはわからないわよね。もしもう少し長くここにいたら、彼とデートする気になったかもしれないし」

「デートだって？　デートに誘われたのか？」

「デートくらい誰だってするでしょう？　あなただって、それをよく知っているはずよ。そんなに驚いた顔をしないで、ガブリエル」

「もし驚いているように見えたとしたら、それはたぶん、きみがこれまでに隠してきた一面をぼくが見ているからかもしれない。ぼくはきみの、その新しい一面を気に入っているんだろうな」

ヘレンは頬を熱くし、一瞬で失った落ち着きを取り戻そうとした。彼の柔らかく、ゆったりとした話し方に肌がうずき、彼の指が自分の唇に触れたときの感触を思い出してしまう。

「もう行かないと」ヘレンは後ずさりした。「やることがたくさんあるから」

ガブリエルは片方の眉を上げた。彼は悪戯《いたずら》な笑みを浮かべている。その笑みが、彼女の全身を刺激した。「本当に参加しないのか？」

「明日また会いましょう、ガブリエル。すべてをプリントアウトする前に、何か修正することがあれば知らせてね」

ガブリエルは、回転ドアから夏の日差しのなかへ、バレリーナのように優雅に消えていくヘレンを見送った。

早めのディナーやシャンパンにはあまり魅力を感じなかったが、スタッフの努力に感謝の意を示さなければならなかった。ガブリエルは、スタッフとその家族のために、週末を過ごすにふさわしい豪華な旅を手配することに決めた。

秘書をこっそり口説いた男のひとりを思い浮かべると、歯がゆくなった。しかし、ヘレンの言ったことは正しい。彼は彼女にリラックスして、気楽に過ごすように勧めたからだ。それに、もし彼女の過去に驚いたとしても、それは彼が、いままで彼女を魅力的に感じていなかったからにすぎない。

ヘレンは、過去にあったことを気取られるようなそぶりは一切見せなかった。彼はただ、真面目に、そして文句も言わずに働いてくれる女性について、自分なりの、結果的には正しくない解釈をしていただけだった。

そして、そんな思いこみの裏には、うぬぼれがあったかもしれないとガブリエルは認めていた。彼は、自分が持つ魅力を知っていた。幼いころに地球の反対側にある寄宿学校に放りこまれ、そこで魅力は培われた。いじめられたり、疎外されたり、外国語訛《なま》りの部外者として嘲笑されたりしないためには、受け入れられること、そして受け入れられる以上に、慕われ、最終的には恐れられ、尊敬されるのが不可欠であることを学んだのだ。

ガブリエルは賢く、スポーツ万能で、人を魅了する術《すべ》を身につけていた。それは、彼の心の奥底に埋もれている傷ついた感情の隠れ蓑《みの》として、とてもうまく機能していた。そう、裕福な両親から見捨てられたことは、彼の心の深い傷となっていたのだ。

シャンパンを飲み、料理を口にしている間、彼は会話しながらも考えこんでいた。年配の男性たちは今夜中に帰宅しなければならなかったので、ディナーはいつもよりずっと早く終わった。

「行きたいところを決めて、連絡してくれ。秘書が旅の手配をする」別れ際に家族やパートナーとの休暇の提案に全員が即座に感謝し、顔をほころばせた。レストランを出る際、誰かがメキシコのビーチについて話し、みなが賛成した。

ホテルに戻る途中で、彼はヘレンに電話をかけた。

「相談したいことがいくつかある」

「ええ、何かしら」

ヘレンは酒を飲みながら、契約上のふたつの点について彼が話すのを聞いていた。どちらも取引にとって決して重要なものではなく、文言を少し変更するだけだから五分で解決できるだろう。

ヘレンはまだ太陽が輝くなかコテージに戻り、荷造りを一瞬で終えてしまった。いま彼が冷静に仕事の話をしているのを聞き、彼女はあの場に残り、みなと食事に行くべきだったと思った。

「それから、きみに手配してもらいたい旅行があるんだ。詳細はまた説明するけど、メキシコ国内の高級なビーチリゾートだ」いったん言葉を切ってから、ガブリエルは付け加えた。「これは、明日の朝まで待つことができる」

ヘレンはメキシコ旅行、しかも高級なビーチリゾートという話に凍りついた。それは彼のロマンティックな逢瀬《おうせ》の特徴そのものであり、お相手となるブロンドは誰だろうと考えた。

彼のデート相手のことを考えると、口のなかに酸っぱい味がした。その酸っぱい味が、昔ながらの嫉妬だと思い、彼女はぞっとした。

「いいえ」ヘレンは鋭く言った。「今晩のうちにすべて手配するのは面倒なことではないわ。だって、まだ八時前よ」

「ここでの最後の夜なのに、リラックスしないのか?」

「詳細についての説明を聞くわ。何時にどこに行けばいいかしら」

「ヘレン、メモを取る必要はない。口頭で説明するだけでじゅうぶんだ。すまない、きみの夜の邪魔をするべきじゃなかった。いまは帰る途中で、リムジンのなかなんだ。おそらく、帰ったらコテージのテラスで一杯やることになるだろう」

「邪魔されたなんて思っていないわ。あとでコテージに行くから、そこで詳細を聞くことにするわね」

「わかった。三十分後に会おう」

　冷静に振る舞う必要がある。ヘレンは何度も彼のオフィスで夜遅くまで働いたことだってある。テイクアウトの料理を挟みながら、ともに期日までに仕事を終わらせた。ホランドパークにある彼の豪邸に呼び出され、そこのホームオフィスで数時間仕事をしたことも二度ある。そんなときでも、怖《お》じ気《け》づくことはなかった。彼のコテージで三十分ほど話し合う程度のことが、なぜいまになって彼女を悩ませるのだろう。いつもどおり、気丈に振る舞うべきだ。

　ガブリエルがウイスキーを飲んでいると、ドアをノックする音が聞こえた。彼はなぜ電話したのかよくわからなかった。緊急の用事は何もなかった。とはいえ、ドアを開けながら、彼は電話してよかったと思った。なぜなら、その夜が突然、少しだけ味気ない感じがしなくなったからだ。

　ヘレンは色あせたジーンズと、腕を上げれば肌がちらりと見えるような丈のTシャツに着替えていた。そしてもちろん、ノートパソコンで武装してきた。

　ガブリエルがドアの脇に寄ると、彼女は横を通りすぎ、リビングエリアへと入っていった。

「では、はじめましょうか」彼女のはきはきとした声に、ガブリエルは微笑み、急に安心した。

「テラスで何か飲むか？　日が暮れても、眺めはすばらしいんだ。照明に工夫を凝らしているおかげで、かなり遠くまで見渡せる」

　ガブリエルがテラスに向かおうとすると、彼女は彼を追いかける代わりに、荷物をリビングエリアのテーブルに置き、椅子のひとつに座ってメモを取る準備をした。

　飲み物？　それに、テラスからのすばらしい眺め？　仕事をするだけなら、頭上に明るい照明があるリビングエリアのテーブルでじゅうぶんだ――ガブリエルはそんな無言のメッセージを、椅子に座ったヘレンから感じた。彼は彼女の正面にある長椅子に寝そべったが、それは秘書が望むビジネスライクな雰囲気を少し損なっていた。

　契約書の文言に加えなければならない微調整について、ガブリエルは話した。とても簡単なことだった。

「それから、メキシコについて何か言っていたわよね」ヘレンはバッグにいつも入れているノートに手を伸ばした。

「そうなんだ」ガブリエルは飲み物に口をつけ、グラスの縁越しに彼女を見ると、頬がほんのりピンク色になっているのに気づいた。

「あなたの考えを聞かせてもらえれば、必要な手配をするわ」

「実際にメキシコに行ったことはないんだ」彼はそう言ってから空になったグラスをテーブルに置き、両手を頭の後ろで組んだ。「きみは行ったことがあるか？」

「いいえ、ないわ」ヘレンは穏やかに返した。「でも、それがなんの関係があるのか、わたしにはわからないわ」

「休暇を過ごすとしたら、きみはどういったことに魅力を感じるんだ？」

　挑発的な発言だったが、ガブリエルはその質問をしたことを後悔しなかった。そして、彼女の頬の色が濃くなり、目を伏せてノートの白紙のページを見つめる光景を楽しんだ。

　ガブリエルは彼女が何を考えているか想像できた。女性全般をよく知っている彼は、ヘレンのことも知っているからだ。

「ビーチに魅力を感じるのか？」彼は情景を思い起こさせるような声音で、ゆっくりとうながした。「それとも、誰もいない海岸線に打ち寄せる波に、水平線に沈む太陽。それに、夜風に揺れるココナッツの葉音？」

「あなたがそれほど詩的だとは思わなかったわ」

「ときどき自分でも驚くよ」

「悪いけど、それに関しては力になれないわ。新しいガールフレンドをロマンティックな場所に連れていきたいのなら、行き先は自分で考えないと。もちろん、飛行機や宿の手配はわたしがするけれど」

　ガブリエルは眉をひそめた。「新しいガールフレンド？　ぼくがどれだけ変わり身が早いと思っているんだ。ずいぶん皮肉屋だな、ヘレン」

「他にメキシコでロマンティックな休暇を過ごしたい理由がある？　あなたが何をしようと構わないけど、それにわたしの意見を求めないで」

「きみを困らせているのか？」

「ええ、そんなことはしたくないもの」

「なぜ？」ガブリエルは優しく訊ねた。

「なぜって……」

　ヘレンは彼と目が合い、突然足元から地面が崩れ落ちるのを感じた。彼のまなざし、楽しそうに頭を傾ける彼の表情、波のように彼から発せられる性的魅力。それらすべてにめまいを感じた。

「なぜって、それはわたしの業務契約に含まれていないから。そうでしょう?」

「たとえきみが、いままで自分の業務契約に書かれていない仕事について、一度も文句を言ったことがなかったとしても、確かにそのとおりだ」彼はそう返すと、別の飲み物を取りに行った。そして、飲み物を持ってテーブルに寄りかかりながら、どんな女性でも惹《ひ》きつけてしまうようなまなざしで彼女を見つめた。「ぼくはきみに、ガールフレンドとの休暇を手配してほしいと頼んだわけではない」

「じゃあ、どういうことなの?」

「今回の契約に携わったスタッフに対する褒美として、家族やパートナーも含め、彼らが選んだ場所での休暇をプレゼントすることにしたんだ。そして、彼らのうちのひとりが思いついたのがメキシコのビーチリゾートだった」

ヘレンは数秒間、口をぽかんと開けたまま彼を見つめた。ガブリエルにからかわれたとわかった。彼女の反応を見るために、メキシコでの休暇話を持ち出したのだ。彼は女性の気持ちには聡《さと》い。だから、ヘレンがあの夜に起こったことはなんでもないと言ったのを、彼が信じたかどうかわからなくなってきた。自分の過去の一片を彼に見せて、彼女が感情にうまく対処できる女性であることを理解させたつもりだったのに。

彼女は怒りに燃えてノートを閉じ、立ち上がった。すべてをバッグに詰めこんだときに彼の手が手首に触れて、素肌が焼けつくように感じた。

ガブリエルは、自分が彼女に影響を及ぼしていることを知っている。そう思うだけでパニックになった。常識に反するが、彼に魅力を感じているのは事実だ。そしていま、ふたりの間にある扉がひび割れ、彼は彼女のなかの弱さを覗《のぞ》き見る機会を得てしまったのだ。

ヘレンはテーブルからバッグをひったくると、コテージのドアに向かって急いだ。

「ヘレン……」

「これ以上、からかわないで！」彼女は振り返って彼を見たが、そうしなければよかったと後悔した。彼女は激怒していたが、それでも彼の美しさ、個性の強さ、そして暗く魅惑的な瞳の深い色に圧倒されてしまったからだ。

「からかってなんかいない！」

ヘレンはドアに向かったが、ガブリエルに出口をふさがれた。

「きみには本当にすまないと思っている。しかし、ぼくがきみに肉体的な魅力を感じていることは知っておいてほしい」

「いやよ、聞きたくないわ！」

「それは、不適切だからか？」

「ガブリエル、わたしには何が起こっているのかわからないのよ」

「常識が邪魔をしているんだ。ぼくたちが共有した感覚を取り消すことはできない。ぼくはきみが欲しい」

「そんなことを言わないで」

「ぼくがきみにキスしたらどうする？」

「それは……」

「キスを返してくれるか？」

彼が顔を近づけてきたことで、次に何が起こるかヘレンにはわかった。キスされるのだ。そして、彼女はそれを望んでいる。彼の唇の冷たさが体を熱くするのを感じたい。そう思うだけで彼女の中心が潤み、その部分を彼の指が探る光景が脳裏をよぎった。

ヘレンは爪先立ちになり、彼の首の後ろに手を回して自分のほうへと引き寄せた。そして、渇望するままに、彼の口の甘い味に魅了された。

ふたりの舌が絡み合うなか、ヘレンはドアに押しつけられた。息を荒らげながらガブリエルの手は彼女のウエストの輪郭を描き、Tシャツの下に手を入れ、コットンのブラジャーに包まれた胸を見つけて愛撫《あいぶ》した。

ガブリエルが口づけたままブラジャーを下にずらすと、ヘレンは抑えきれない快感に悶《もだ》えた。彼がキスを解いて、唇で胸の先端を覆ってくれることを願った。

そのとき、すぐ背後のドアがノックされた。あまりにも突然のことに衝撃を受け、欲望の靄《もや》を振り払うのに数秒かかった。ヘレンは慌ててドアから離れると、衣服の乱れを直しながら恐怖に満ちた目で彼を見つめた。

どちらも一言も言わずにいると、もう一回、今度は少し強めにノックされた。ガブリエルは指で髪を撫《な》でつけ、彼女を見つめたあと、ドアを少しだけ開けた。外に誰がいるのか見えた。そして、イタリア語訛りの男性の声が、いきなり立ち寄ったことを詫《わ》びているのが聞こえた。

ヘレンは背筋を伸ばして大きく息を吸うと、ガブリエルの横に並んだ。なぜなら、バスルームに隠れることも、ベッドの下に潜りこむことも、テラスから逃げ出すこともできないからだ。

彼女はアルトゥリオの視線を受けながら微笑んでみたが、自分の顔全体に罪悪感が刻みこまれていると思えた。彼には何度か会ったことがあった。保守的なタイプで、いまふたりに向けているまなざしがそれを物語っていた。

「きみたちの邪魔をしてしまったかな。もしそうなら、申し訳ない」

「いいえ、お会いできて嬉《うれ》しいです」頬が熱くなるのを感じつつ、彼女はTシャツの裾を引っ張った。

「きみたちふたりがそういう関係だったとは、まったく知らなかった」アルトゥリオはガブリエルのほうを向いた。「ガブリエル、きみたちが付き合っていると、言ってくれればよかったのに」

「わ、わたしたちは……」ヘレンの声が小さくなっていった。

アルトゥリオの驚きが喜びに変わったのをガブリエルは見た。アルトゥリオとヘレンは、数カ月前に初めて会ったときから意気投合していたのだ。

ヘレンがちらりとこちらを見たので、彼も見返した。彼女が何を言おうとしているかはわかる。ふたりは付き合ってなどいないと言いたいのだ。けれど、それを言ってしまえば、ふたりのしていたことを指摘されるだろう。彼女の様子を見るだけで、何をしていたかなんて明白だからだ。

アルトゥリオは男女について保守的な考えを持つイタリア人男性かもしれないが、少しくらいの〝不道徳な行為〟ならわかってくれるに違いない。もし彼がそんな行為を認めなかったとしても、それが彼らの取引の妨げにはならないはずだ。

いや、果たしてそうだろうか？　しかし、同意した大人同士がたわむれるのは何も悪いことではない。それに、あのわずかな瞬間は真剣な関係に思えた。実際、元恋人との数カ月は、秘書と十秒間過ごしたよりもただの遊びに感じられるくらいだ。

大人になって初めて、ガブリエルは言葉を失った。自分がどれだけこの老人に認められたいのか、自分がどれだけこの取引を望んでいるのか、そしてこの取引が単に遠い親戚のぶどう畑を購入する以上のものなのかが、頭のなかを駆け巡る。

子ども時代のガブリエルは、親戚との付き合いは一切なかった。両親はともにひとりっ子で、ガブリエルもひとりっ子だったからだ。自分たちのことしか考えない両親に放置され、十一歳でアメリカを離れたあとに両親が亡くなった彼は、イタリアにいる親戚について考えたこともなかった。しかし、ぶどう畑を拡張することを決意し、生まれ故郷への思いが彼の無関心のなかに染みこんできた。彼は自分が生まれた地域をターゲットにしたのだ。それは、自分の知らない過去とつながりを持ちたいという無意識の衝動だったのかもしれない。そして、運命が〝つながり〟に介入し、その〝つながり〟は彼が予想もしなかったほど強固なものになったのだ。

ガブリエルはアルトゥリオが好きで、尊敬している。時間をかけて、もっとアルトゥリオを知るのを楽しみにしていたし、彼の家族全員に会いたいと願っていた。ガブリエルの両親は過去を捨て、いまという瞬間だけを楽しんでいたけれど、ガブリエルは彼らとは違う人間になりたかった。

心の底では、アルトゥリオは自分の秘書と関係するような男に失望するだろうとわかっていて、ガブリエルは居心地の悪さに身震いするしかなかった。

ヘレンは、大きくて力強く自信に満ちた男が指で髪をかき上げながら、この状況が下品で不快に聞こえないように、どうにか適切な言葉を見つけようと苦労しているのを見つめた。かつてボスが無防備になる姿を見たことはなかったが、いまの彼は無防備そのものだった。彼は人生で感情に翻弄されたことがあったのか疑問だ。

アルトゥリオが、自分のぶどう畑を買う相手の行動が気に入らないからという理由で、この取引から手を引きはしないだろうが、その過程でガブリエルは何かを失うことになるだろう。それは、彼がしだいに望むようになった、老人との関係かもしれない。アルトゥリオは、ガブリエルが持っていない、家族とのかかわりへの手段に思えるからだ。

ヘレンは深呼吸をして、アルトゥリオに微笑みかけた。「そうなの、わたしたちは付き合っているの。わたしたちは一緒に仕事をしているから、まだ公にはしていないけれど」

ガブリエルは、ヘレンが言ったことをどう思っているだろう。ショックを受けただろうか。予測可能な秘書の、予想外の行動に対して。そう思うと妙に嬉しかった。彼女は明日にはいなくなるし、この取るに足りない小さな嘘《うそ》のおかげで、ガブリエルとアルトゥリオの関係は悪化しないだろう。

ヘレンは父親との絆《きずな》を大切にしていた。父親がいなくなったら、そして普段会っている親戚のさまざまな人々がいなくなったら、自分の人生がどうなるか想像もつかなかった。ガブリエルが思いがけず発見した家族のつながりに心を動かされたことは、彼女の心をも動かした。それは、彼のオープンすぎる性生活と比べ、非常にうまく隠してきた人間的な一面をあらわにした。だからこそ、彼を助けたいと思ったのだ。

ガブリエルの手が彼女の肩に置かれ、身震いした。その触れ方に、彼女の体は快感でうずくような反応を示した。ほんの一瞬、ヘレンはこのロマンティックな場所に来て以来、自分の無謀さが想像していたほど無害なものではないように思えてきた。

しかし彼女は、アルトゥリオの手前、これは単なる好意で行ったことだと自分を納得させた。彼女は状況を把握し、それに従って行動したのだ。

結局、ヘレンが恋人のふりをしたのは彼らは友達だからという、もっとも無害な結論に落ち着いた。彼女は友達として彼を助けただけなのだ。

5

アルトゥリオが立ち去ったあとも、ふたりは外に立っていた。年上の男性は喜びの声をあげ、お祝いの言葉を述べ、いきなり現れたことを何度も謝ったあと、妻のイザベラが待つコテージへと帰っていった。イザベラがこのホテルをとてもロマンティックに思い、今夜の宿泊を決めたらしい。アルトゥリオにはどこに滞在するかを話していたかもしれないが、何げなく伝えた言葉がそんな影響を及ぼすとは思ってもいなかった。

　ガブリエルはヘレンの顔を見下ろした。太陽が沈むと同時に点灯したライトによって、彼女の繊細な骨格が浮き彫りにされていた。

　ヘレンがいかに簡単に彼の心を読み、予期していなかった状況からいかにスムーズに彼を救い出したかを思い、当惑した。この取引が彼にとってどれほどの意味を持つかを、彼女は知っていたのだろうか。彼がそれまで一顧だにしなかった家族に、どれほど投資したかを。それほど彼を理解しているのだろうか。

　そう思うだけで不安になり、彼は動揺を抑えた。

「恋人のふりなど、してくれなくてもよかったのに」

「気にしないで」

　〝どうしてそんなことを？〟そう訊《たず》ねたい気持ちと訊ねたくない気持ちが、心のなかで揺れ動く。きっと、その答えは彼にとって聞きたくないものに思えたからだ。

「でも、その自発的な行動には感謝するよ。契約はまだ締結されていないし、ぼくがあのぶどう畑をどれだけ手に入れたいかは、きみもわかっているだろうから」ガブリエルはそこで言葉を止め、歯を食いしばると、彼女から目を逸《そ》らした。「ヘレン、きみには間違いなくボーナスが支払われるだろう。それも、たっぷりの」

「報酬のためにしたことではないの」ヘレンは静かに言った。「ボーナスなんてどうでもいいわ」

「ボーナスなど、どうでもいいだって？　それなら、たぶんきみは、ぼくたちの間に起こったことのせいで、ただ気分が高揚していただけなんだな」彼は荒々しく意地の悪い口調で言った。

「ガブリエル、どうしてそんなことを言うの？」

　彼は指で髪をかき上げ、首を左右に振った。「とにかく、ありがとう」不機嫌な声で告げる。彼女は助けの手を差し伸べてくれたが、彼はそんなものを必要としていなかった。

「寒くなってきた。もう部屋に戻るほうがいい。きみにとって、明日がここでの最終日だ。今夜はもう、何も仕事をしなくていい。ただ楽しんで、頭をすっきりさせるんだ」彼は慌てたように言葉を発した。

　ヘレンは、頭をすっきりさせる必要があるのは、ガブリエルのほうだと思った。彼女はあの場の成り行きでアルトゥリオに言ったことは後悔していなかったが、邪魔が入る前にしたことを思い出すと居心地が悪くなった。

　あんなことをしてしまったのを、自分は後悔しているのだろうか。婚約破棄の件以来、ヘレンは自分の性的な関心を箱に詰めこみ、存在しないふりをしてきた。ガブリエルの下で働くようになってからは、自分の体が興奮したときにどんな感じになるかを、決して認めないようにしなければならなかった。なぜなら、心のどこかで、ボスがそれを教えてくれるかもしれないと思っていたからだ。

ヘレンは自分の人生を慎重に支配することに慣れきっていたため、誰かに身を委ねるなど考えられなかった。しかし、ここでは状況が一変し、彼女は誘惑への扉を開いてしまった。ガブリエルが彼女に触れたがっていたので、触れさせた。そしてその後、アルトゥリオとの気まずい状況からガブリエルを救ったのだ。

混乱と不安がヘレンを襲った。もしガブリエルが、彼女に好意を持たれていると思いはじめたらどうすればいいのだろう。自分は彼に好意を持っている？いいえ、そんなはずはない。彼はタイプではないのだから――そう自分に言い聞かせる。

ジョージとはうまくいかなかったが、だからといって彼女の男性選びがまったく的外れだったわけではない。ただ、若さゆえに、外の世界にはどんな人がいるのか探そうとしなかっただけなのだ。過保護な父親に安全を求めるように教えこまれ、深く考えることなく従ってしまった。それでも彼女は、自分と同じように愛を信じ、結婚を信じ、安心と安定を望む人を求めていた。

ガブリエルは安心や安定からはかけ離れた男性だが、とてもセクシーなのは否定できない。結局のところ、彼女もただの人間なのだ。まだ若く、自分の行動がいかに軽率であったとしても恥ずべきことは何もないと思い、今回ばかりは自然に身を任せた。それに、アルトゥリオとの状況を察知して行動したのも、彼女にとってなんの問題もない行為だった。ガブリエルはタイプではないかもしれないが、それでも彼のことが人間として好きだし、尊敬に値する人物だと評価している。

ガブリエルは年上の男性に対し、罪悪感にさいなまれているだろうか。ヘレンがアルトゥリオに言ったことは、職務から逸脱していると感じただろうか。さらに悪いことに、ヘレンが彼と付き合いたいと望んでいると誤解されたかが気になってきた。

ヘレンは冷や汗をかいた。今後のことも考えると、このままにはしておけないと感じた。「わたしたちはよく話し合う必要があると思うの。バーに行かない？　わたしはまだ夕飯を食べていないから、きっとそこで何か食べられるわ」

「きみが話すことに前向きだとは思っていなかったよ」彼は驚いたように言った。

「プールサイドで起きたことは、二度と話題にすべきではない、ほんのささいなことだと思っていたの。でも、ついさっきは何が起きたの？」ヘレンは彼を一瞥《いちべつ》して深く息を吸い、ばらばらになっていた自分の気持ちを整理した。「さっきのことについて、あなたに何か責任を取るように感じてほしくないの」

「ヘレン、ぼくだってばかではない。経験豊富だし、衝撃的な過ちについては、もちろん自分自身に責任があるとわかっている」

「あなたひとりの責任じゃないわ。それに、タンゴはふたりで踊るものでしょう？」彼女はレセプション棟に向かって歩きはじめた。その棟の裏には、広大な土地が見渡せるゴージャスなバーがあり、無数のランタンやソファが置かれていて、少し肌寒いときのための屋外用の暖房器具も用意されていた。

ヘレンは、ガブリエルと並んで歩いているのを意識し、体が熱くなった。ふたりが付き合うことを想像し、並んで歩く以上のことを望んだ。そして、その欲望がどれくらいの間、水面下で煮えくり返っていたのかを考えると、さらに熱くなった。彼は起こったことの責任を負おうとするだろうし、それは彼という男性について多くを物語っている。彼は女性を口説くのも落とすのも早いが、フェアに振る舞う。彼は決して将来を約束しないものの、それは非常に魅力的な特徴だといえる。

「それで、きみはタンゴを楽しめたのか、ヘレン？」

「わたしは……」ヘレンは言葉に詰まり、頬が熱くなった。

ありがたいことに、バーにアルトゥリオとその妻はおらず、ヘレンは安堵《あんど》した。運ばれてきたメニューに目をやり、タパスとワインを注文し、視線を正面に向けた。すると、こちらを見る彼のまなざしに出合った。その瞬間、不思議な力を得たように感じた。いつもと違う環境での接近はふたりの関係のバランスを変え、いまの状況を解明しようとしても無駄だった。

ガブリエルはどんな女性でも手に入れられるという羨ましい立場にあり、彼が選ぶ相手はみな、彼のためならなんでもする人たちばかりだった。ヘレンは、ふたりの間に何があったにせよ、自分がその範《はん》疇《ちゅう》に入らないことを彼に確実に知ってもらわなければならないと思った。彼女はボスに好意を抱いているかもしれないが、彼のファンクラブに入ったわけではないのだから。

「タンゴについて、まだ答えてもらってないな」ガブリエルはソファの背にゆったりともたれかかり、彼女に注意を払った。

ヘレンは真面目さを避けて、軽い態度をとることにした。何が起ころうとも、冷静に状況をコントロールしている女性の反応は軽いものだからだ。残念なことに、彼女はそんな状況をよく理解していなかったが。「もちろん楽しんだし、後悔なんてしていないわ。たぶん、この環境では、それが正しいと感じたのよ」

「ぼくは後悔のない女性が好きなんだ」彼は指で髪をかき上げながら、真剣なまなざしで彼女を見つめた。「テーブルの上にあるもの以上を求める女性たちには、じゅうぶんすぎるくらい出会ったからね」

「フィフィのように？」

ガブリエルはにやりと笑った。「そうだ」

「いったい何があったの？」これまで彼女は、彼に個人的なことを訊ねたりしてこなかっただけに、こんな会話をするのは興奮と同時に不安も覚えた。

「単にうまくいかなかっただけだ」彼はため息をついた。「フィフィは、ぼくたちの関係が新たな方向に進むことを検討するのにいい時期かもしれないと考えたんだ。それには、近いうちに、指輪を買うことも含まれていた。ぼくは驚き、そして笑いだしてしまった」

「かわいそうに」

「どうして？」

「だって、フィフィはあなたとの将来を望んでいただけなのに」

「彼女が結婚を望むのはおかしくないが、その相手はぼくじゃない」ガブリエルは一瞬、言葉を切った。「それに……」

「それに？」ヘレンは視線を外し、ワインに口をつけ、運ばれてきたタパスに舌鼓を打った。彼女の声は軽かったが、この会話がふたりの関係から逸脱していると気づき、緊張した。

「それに」彼は滑らかに続けた。「タパスはいつまでも熱くない」

ヘレンはまばたきをした。彼が会話を打ち切ったことで、安堵すべきだと自分に言い聞かせた。境界線を踏み越えすぎたら、いったいどうやって元に戻れるのだろう。そう思うと気が重くなった。そして、ごまかしてはいたが、彼は何かを言いかけていた。

ヘレンはアルトゥリオに、ガブリエルと付き合っていると告げた。その小さな嘘《うそ》が現実になるかもしれないと彼女が思いこんでいる場合に備えて、ガブリエルは自分は付き合うのに向かない相手だと強調しようとしているのだろうか。

ヘレンは深呼吸をして、できるだけ平静を取り戻そうと決めた。もし彼が、ヘレンが次のフィフィになる可能性を頭に思い浮かべていたら、ふたりの仕事上の関係も、高給をもらっている仕事も、すべて台無しになってしまうだろう。

「わたしがアルトゥリオに言ったことだけど……」

「ぼくたちが情熱的な関係にあるということ？」

「そうは言ってないでしょう？」

「アルトゥリオは保守的でロマンティストなんだ。家族の何人かが亡くなったときに一族の財産は複数の人に分割され、彼はぶどう畑とそれに付随するすべての土地や不動産を手に入れた。ぼくの父は海運業を継いだが、偶然にも、父の財産が見劣りするほどの資産家の女性と結婚した。アルトゥリオが夜明けから日暮れまで働いていたのに対し、ぼくの両親はイタリアを出て世界中を旅して回り、労せずに銀行口座に入る収入で生活することに満足した」

「アルトゥリオを尊敬しているのね」

「彼はぼくの父親よりも模範的な存在だよ」ガブリエルはにやりと笑い、首を片側に傾けて彼女を見た。「アルトゥリオの妻の父親は彼の下で働いていたが、ふたりはまったく違う環境で育ったにもかかわらず、一目で恋に落ちたと彼は言っていた。だから、ボスと秘書が付き合っていると聞いたとき、アルトゥリオは自分たち夫婦の出会いを思い出して嬉《うれ》しくなったんだろう」

「大げさね」

「アルトゥリオの頭のなかでどんなシナリオが練られているのか、ぼくたちにはわからない」ガブリエルは悪戯《いたずら》な笑みを浮かべている。「ぼくはロマンティックな人間ではないが、彼が何を考えているのか想像するのは、それほど難しくない」

「まあ、その点では、彼はまったくの的外れね」ヘレンはきっぱりと言った。

「でも、彼を責めることはできない。何しろ、ぼくたちを現行犯でつかまえたのだから。きっと彼は、大喜びだっただろうね」

「とにかく、明日はロンドンに戻るのだから、これ以上、彼に嘘をつく必要がなくてよかったわ」彼女はロンドンや職場のこと、ボスのデスク、それに仕事の服装について考えるよう努めた。ガブリエルの言葉はとても刺激的で、彼女の全身を熱くさせたからだ。いくら自分が感情をコントロールし、ふたりの間に起きていることもコントロールしようと努力しても、ガブリエルのような男性を相手にするには経験がまったく足りない。彼に見つめられるだけで、緊張して汗をかき、皿の横にあるリネンのナプキンで額を拭う誘惑に駆られた。

「果たしてそうかな？」

ガブリエルがまだ笑っているのを見て、ヘレンは咳払《せきばら》いをした。「わたしは、明日の朝食後に街へ向かうわ。あなたはアルトゥリオに会ったら、わたしは空港に行く前に買い物をするのだと言ってちょうだい。たとえ彼がわたしたちをロマンティックなカップルだと思っているとしても、四六時中くっついて行動するとは思わないでしょうから」

「確かにそうかもしれないね」

「それから、あなたに言っておきたいの。ここはカリフォルニアで、わたしたちは現実味のない場所にいるようなものよ。ロンドンに帰れば、現実が戻ってくる……」ヘレンは長く深く息を吸いこんだ。「だから、ここでのことは、すべて過去のものにしたいの」

言うのは簡単だが、実行するのは難しいとヘレンにはわかっていた。

「そんなに簡単だと思うか？」ガブリエルは、彼女の心を読んだかのように言った。

「そうでなければ、わたしは自分の仕事を本当に愛しているけど、辞表を出さなければならないわね」

ヘレンがワインをすすりながら彼を見つめると、ふたりの目が合った。落ち着いた照明のなか、彼女の心臓は巨大なハンマーで叩《たた》かれているように激しく鼓動していた。

ガブリエルはヘレンを見つめ返し、その冷静さを称賛したが、そんなことはどうでもいい。彼女は、こんなことは忘れろ、さもなくば辞表を出す、と言い放ったのだ。そして彼は、彼女の言葉がすべて本心であると知っていた。彼女がそんなことをすると考えるだけで、何も考えられなくなった。

「アルトゥリオは、わたしたちがカップルでないことに絶対気づかない」一口タパスを食べると、ヘレンは言った。「あなたの取引はうまくいくわ。そして、いつかまた彼に会ったときに……」

「ぼくたちは別れたと伝える」ガブリエルが空白を埋めると、彼女はうなずいた。

すべてに納得がいき、彼もうなずかずにはいられなかった。実際のところ、ヘレンが存在しないオフィスに入ることは想像できなかった。しかし、起こったことを忘れて、その開いたドアを閉めるのも簡単に思えない。彼はまだ彼女を求めているし、彼女もまだ彼を求めているはずだ。

けれどガブリエルは、そんな考えから目を背けた。それ自体が彼にとって新しいことだった。

「わかった、きみの言うとおりにしよう」彼女と握手をするため、彼は手を伸ばした。

翌朝、ヘレンは持ってきたスーツケースに残りの荷物を放りこみながら、この状況にうまく対処できたと自分を納得させていた。だが、実際には混乱し、感情が高ぶって、頭のなかは疑問や疑念、それに無謀な大胆さでいっぱいで、なんだかくらくらするし、怖いのと同時に興奮していて、まるで体の半分だけ別の道を歩んでいるかのように感じていた。

ガブリエルは彼女の私生活に裏口から忍びこむようにして入りこんだが、彼をそこにとどまらせるつもりはなかった。彼のことを考えるだけで、身震いが起こる。彼女が抱いていた完璧な男性像とはまったく違うのに、いまや彼女の心のなかを占める彼の地位は非常に高いものだった。彼と過ごしたひとときは、彼女が人生を前に進め、ふたたびデートをはじめるときがきたことを示すのに重要な気がする。

もちろん、ガブリエルみたいな人ではなく、彼とジョージの中間のような相手と――。あの最後通告を突きつけたのは賢明だった。弱体化から身を守るために、ある種の防御線を講じたのは正解だ。

あらゆるものから必死に守ろうとする父親の愛情に包まれて育った彼女は、冒険など一切せず、安全でいることが何よりも大切だった。しかし、ロンドンでカリスマ的なボスの下で働くようになり、冒険がどんなものかを知ってしまった。そして、オフィスから外に出たことで、彼女はこれまで行く勇気のなかった場所に行く機会をつかんだのだ。

ヘレンは荷造りを終えたあと、しばらく全身鏡で自分の姿を眺めた。細身で平均的な身長に、長い手足。そして、栗色《くりいろ》の髪と、角度によってはほんのり緑に見える茶色の目。彼女は自分の容姿をあまり気にしたことがなかったが、ガブリエルに触れたとき、とてもセクシーな人間になったように感じたのを覚えている。

ヘレンはガブリエルと朝食を一緒にとり、仕事の最終確認をしたあとは自由な時間を過ごすことになっている。そして、空港行きのリムジンを四時に予約した。

彼女は買い物をしたり、リラックスしたり、ガブリエルに会ったりするために、クリーム色のズボンと前ボタンのついた丸襟のコットンシャツ、そしてフラットシューズという、多目的に使える服装でレストランに向かった。

昨夜のやり取りのあとで彼に会うのは、どんな気持ちになるのだろう。彼女にはさっぱりわからなかったが、言いたいことがちゃんと伝わったかを確認するいい機会だと自分に言い聞かせた。彼はいつも立ち去る側だとわかっていた。立場が逆転して、彼はどう感じたのだろう。彼がそれを挑戦ととらえるかもしれないと思ったとき、彼女は暗い興奮とパニックがまざり合ったような危険な感覚に身震いした。

ヘレンがレストランに入ると、左側には豪華な料理が並べられたビュッフェテーブルがあった。ガブリエルを探して店内を見回すと、彼女は目に入った光景に息をのんだ。

部屋の反対側から、ガブリエルはヘレンと同時に互いを見つけ、〝どうすればいいの？〟と困惑する彼女の表情をいとも簡単に読み取った。

アルトゥリオに会わずにロンドンに戻るというヘレンの目論見《もくろみ》は、アルトゥリオとイザベラがガブリエルと同じテーブルで食事していることで、崩れ去ってしまったのだ。ガブリエルにとっては嬉しい驚きだが、彼女にとってはいやな驚きだろう。

ガブリエルは手を振りながら立ち上がり、ヘレンに近づいていった。アルトゥリオとイザベラの目の前で、彼女に身を寄せるのは愛情表現としてちょうどいい。彼女の耳元に唇を近づけ、ささやいた。

「覚悟するんだな」

「まさかアルトゥリオたちも一緒だと思わなかったわ」

「笑顔で愛想よくするんだ。ぼくたちは付き合っていることになっているのを忘れないで」彼は彼女の肩を抱いてアルトゥリオたちのほうを振り向いた。

ヘレンを迎えるため、アルトゥリオたちはすでに立ち上がっていた。アルトゥリオは背が低くふくよかで、白髪は薄くなり、顔は日焼けしていた。対照的に、彼の妻は背が高くほっそりとしており、七十代の女性にしては驚くほど若々しく、印象的な黒い瞳を持つかなりの美人で、白髪を後ろでひとつにまとめていた。

アルトゥリオとイザベラは微笑《ほほえ》んでいたが、ヘレンは突然、なぜかぞっとするような感じがし、〝覚悟するんだな〟というガブリエルの警告が不吉に思えてきた。ヘレンには何が起こるかまったく予想がつかず、たとえ偽の関係を口にしたのが自分だったとしても、恋人のふりをして過ごすことになる朝食が憂うつに思えてたまらなかった。

ガブリエルが彼女のために椅子を引くと同時に、首筋にキスをした。ふたりの関係を再構築するために最大限の努力をしていた彼女にとって、まさに必要のない行為だった。

ヘレンは座るやいなや、朝食の席に長居はできないと丁寧に伝えた。「今夜の飛行機で帰るの」彼女は微笑み、テーブルの上のガブリエルの手を見つめると、しぶしぶ自分の指を彼の指に絡ませて芝居を続ける。「だから、その前に買い物に行こうと思っていて」

ガブリエルが彼女の手を握り返した。

「昨晩、話したように、軽く朝食をすませたら、お先に失礼するわね」ヘレンはガブリエルに微笑みかけた。

「確かに、きみはそう言っていたね」ガブリエルは温かな笑みを浮かべた。

ヘレンは、周囲の雑音を意識しながら、満面の笑みを浮かべた。しかし、彼女が主に意識していたのは、イタリア人夫婦が彼女とガブリエルに微笑みかける様子だ。なぜなら、なんとなく不安にさせられたからだ。

「いま、ガブリエルと話していたんだが」アルトゥリオの瞳が輝き、イザベラは微笑みながら身を乗り出した。

「アルトゥリオとわたしはすばらしいことを考えたのよ」イザベラが横から言った。「今回のぶどう園の取引は、すでにわたしたちにたくさんの喜びをもたらしている。とくに、このすばらしい家族のつながりを。この数カ月の間に、わたしたちはガブリエルをビジネスマンとしてだけでなく息子としても見るようになったの。そして、あなたとガブリエルがお付き合いしていると聞いて、アルトゥリオとわたしは、あなたたちがここからイタリアに来て、家族の他のメンバーに会えたらすてきだと考えたのよ」

「なんですって？」ヘレンはガブリエルとつないでいた手を離し、両手を膝の上に置いた。うつろになった目で空《くう》を見つめる。

「あなたが来る前にガブリエルがわたしたちに話してくれたことから、あなたたちの関係が真剣なものだとわかっているのよ。ガブリエルは、よほどの事情がないかぎり、自分のために働いている人と付き合うタイプではないとわかっているもの。だけど、人間関係が常識を凌《りょう》駕《が》する場合もあって、そうなったときに抗《あらが》ってもなんの役にも立たないのよね」

ヘレンは老夫婦を凝視した。どの情報がいちばん恐ろしいのか、彼女にはわからなかった。イタリアにカップルとして招待され、そこでさらに嘘を重ねなければならないということ。アルトゥリオ夫妻が寛大にも、自分たちを家族の一員として見てくれていること。そして、いま話している言葉のひとつひとつに信頼の重みが置かれていること。それらすべてが、恐ろしくてたまらない。これほど自分が詐欺師のように感じたことはなかった。彼女のせいで、こんな状況になってしまったのだ。

ヘレンは何も言うことができず、青ざめた顔で微笑んだ。

「アルトゥリオには伝えておいたよ」横からガブリエルが言った。「きみは帰国する必要があるから、彼らの親切な申し出を検討するのは難しいかもしれないと」

「ええ、そうなの……」

「ご家族の問題かね？」

アルトゥリオが全員分のコーヒーを注文すると、ヘレンは椅子のなかで身じろぎした。後悔しつつある嘘をどうにかするために、彼らと時間を過ごすことなく町へ向かう望みは完全に失《う》せていた。ヘレンは隣に座っている男性を横目で見た。すると彼は無言でそれに応えるように、彼女の手を握った。

「わたしの父のことなの」ヘレンはぎこちなく言ったが、これ以上、嘘にまみれるよりは、せめてこの時点からは本当のことを言おうと決心した。ガブリエルは彼女の私生活についてほとんど何も知らず、ほんの数日前なら、こんな打ち明け話をすることに、自分でも愕然《がくぜん》としただろう。

「父はひとり暮らしで、ロンドンから離れたコーンウォールに住んでいるの。少なくとも月に一度は彼を訪ねるようにしているわ。彼は、わたしのことを心配していて……」

「わかるわ」イザベラがヘレンの手の甲を撫《な》でた。「それは当然よ。親は子どものことを心配する習慣があるもの」

ヘレンは父親を思い浮かべた。定期的に送られてくるカードやメールには、彼女が無事であるかどうかという日々の不安が隠されていた。それに、彼女が訪ねるたびに父親の顔に浮かぶ絶対的な安堵と愛情。父親は、抗議することもなく娘が巣立つのを許し、その行動の理由を理解するためにかなりの勇気が必要だったのをヘレンは知っていた。

　そしていま、ヘレンはこのすてきな女性の心配そうな顔を見つめながら、どうしたら自分とガブリエルがともに招いた状況から抜け出せるかを考えた。

「わたしの母と弟は、わたしが幼いときに交通事故で亡くなったの。父はいまだに立ち直れていないわ。だから、わたしが二十八歳になったいまでも、父はわたしを心配し、何か起こるんじゃないかといつも怯《おび》えている。だから、できるだけ頻繁に父に会うようにしているの。それは彼にとって、とても大切なことだから」

「まあ、あなたもお父さまも、なんてお気の毒なの」イザベラは同情をあらわにした。「もちろん、その習慣を邪魔できないわね。ぶどう畑で働くわたしたちの家族みんなに会ってもらいたかったけど、またの機会にしましょう。そのときは、ぜひお父さまもご一緒に」

「ええ、喜んで」イザベラに返事をしながら、彼女はガブリエルのことを考えた。他人の意見など気にしたことがなかった彼が、誰かに好かれたいと思うようになった理由が気になった。そして、そう思うのと当時に、あの小さな嘘がいまになって彼女を苦しめだした。

　気が遠くなりそうだ。自分はガブリエルに好意を抱いていると気づいてしまったからだ。その事実を認めるだけでめまいがする。

　彼女がはじめたことだ。それを終わらせるのも、彼女しだいだろう。ここでのことをすべて過去のものにできなければ仕事を辞めるという最後通告は、彼女が彼とさらに長い時間を過ごしてもまだ有効だろうか。ふたりが互いについてもっと知るようになるのは、とても危険なことだと感じた。

　しかし、それはまた、彼女に生きていることを感じさせた。

「イタリアに行くわ」ヘレンがガブリエルを見上げ

ると、ふたりの目が合った。「ねえ、わたしたち、イタリアに行きましょうよ」それを聞いたガブリエルの表情は優しく、愛情深い恋人のようなものだった。

「あと一週間ほど、父を訪ねる予定がないの」鼓動が高鳴るような決断に振り回されながら、彼女はなんとか微笑んだ。「それに、わたしがイタリアを少し見て回れると知ったら、きっと父は喜んでくれると思うの。わたしはあまり旅行したことがないから」

「きみは本当にいいのか？」

「ええ」もう後戻りはできない。

会話は波のようにヘレンの周囲を流れていった。彼女は何かを話していたが、自分でも何を言っているのかよくわからなかった。下にちらりと視線を落とすたびに、日焼けしたガブリエルの手が彼女の手に触れているのがわかった。親密な仕草は、ふたりが取ったこの予期せぬ展開を思い起こさせた。

ヘレンには、イタリアに行かないという選択もできた。父親について話したので、誰も疑問には思わなかっただろう。けれど、おそらく彼女は、この旅を必要としていたのだ。自分のなかに根づいたガブリエルに対する感情に向き合わなければならないからだ。

アルトゥリオとイザベラがいなくなると、ガブリエルはヘレンの手を離して正面の椅子に移動し、相手をじっと見つめた。

今朝、ガブリエルはレストランに入るなり、アルトゥリオとイザベラを見つけた。ふたりはこちらに手を振って招き、彼が最初のコーヒーを飲み終える前に、イタリアで数日間、彼らの家族に会うというアイデアを思いついた。アメリカから直接イタリアに飛び、ヘレンとともに数日滞在してほしいというのだ。まるで、仕事帰りに牛乳を買いに寄るのと同じくらい簡単なことであるかのように。

　ガブリエルはショックをうまくごまかした。感情を鎧《よろい》で覆い隠してきた彼だったが、いつの間にか老人の好意を得ようとしていた。それはなぜか？　家族との関係がどのようなものかを知る扉が開かれたからだ。それも、表面的な関係ではなく、血の通った関係だ。アルトゥリオはガブリエルの無責任な両親とはまったく違う人間で、彼は老人に感銘を与えたいと願っていた。だからこそ、秘書とたわむれることで、悪印象を与えたくはない。

　ヘレンがちょっとした作り話を思いついたとき、彼は信じられないほど喜んだが、それ以上のことが起こるとは思っていなかった。しかし、それは間違いだったとすぐにわかった。

　イタリア滞在のアイデアをヘレンが聞いたときに怒りを見せるかと思っていたが、彼女は冷静に対処していた。もちろん、ガブリエルはショックと緊張を触れ合ったヘレンの手から感じ取っていたが、彼は彼女に申し出を受け入れない道を与えていた。だが、彼女がその申し出を受け入れるとは、少しも想像していなかった。

　そしておかしなことに、彼は、ヘレンの私生活に関する情報と、彼女がイタリアに行くことに同意したという事実の、どちらにより驚いたのかわからなかった。

「きみには驚かされたよ」

「ごめんなさい」

「彼らは魅力的だし、説得力があるからね」

「たった数日のことだし、大丈夫だと思ったの」

「ヘレン、これはぼくたちの関係を正常に戻すための計画の一部ではないとわかっているね？」

「ええ、もちろんよ。わたしは彼らが好きだし、彼らがわたしたちを招待することにどれほど熱心かわかったから」言うべきことはもっとたくさんあるが、ヘレンは漠然としたことだけを口にした。「それに、彼らの失望を考えるのはいやだったし、彼らにもっと嘘をつくのもいやだったの」

「そして、何かがあれば、きみはまた退職するという脅しをかけてくるんだろうね。せっかくぼくが、きみが断りやすいように誘導してあげたのに」

確かに彼は、ヘレンは帰国する必要があると言ってくれた。

「でも、きみがその逃げ道を受け入れなかったのを見ると、お互いのことをもう少し知る時期だと思えてきたよ。そう思わないか？　アルトゥリオとイザベラに、ぼくたちの関係について疑いを抱かせたくはないだろう？」

6

アルトゥリオたちは昨日のうちに帰国の途についたが、ヘレンたちはカリフォルニアでの滞在を一泊延長し、これからイタリアに飛ぶ予定だ。彼が断りやすいように用意してくれた逃げ道があったのに、自ら深みにはまりこんでしまったことがいまだに信じられないでいる。

「混乱状態なの」昨夜、ヘレンはルーシーに電話した。相談するのに、親友以外の誰がいるだろう。ルーシーとヘレンは一緒に職業訓練を受け、それ以来固い友情で結ばれている。ふたりとも、パワフルで裕福な男性のもとで働くようになり、長年にわたってなんでも話すことができる友人の存在は貴重だった。

ヘレンは、イタリア旅行のために買う必要があるとガブリエルから告げられ、会社の経費で購入した衣類が入った袋を見つめながら、電話越しにひそひそ声で言った。

「混乱するのも無理ないわね」ルーシーが同意した。

「自分に何が起こったのかわからない」ヘレンは秘密を共有するタイプではなかったが、ルーシーとはさまざまなことを話してきた。互いのボスを知らないという安心感もあったので、秘密が外にもれる心配はない。それに、陽気なルーシーは心から信頼できる、ヘレンにとって最高の友人なのだ。

「ボスとキスするなんて、まずいなんてものじゃないわよ」

「ええ、大きな間違いだったわ」

「でも、驚かないわ。だって、あなたはずっとボスが好きだったでしょう？」

「わたしは……」ヘレンは心のなかで震えた。ボスに恋心を抱いているなんていちばん指摘されたくないことだったが、友人が遠回しをせずに言ったことで、誰の目にも明らかなのだと悟った。決して何も生み出さない片思いは安全だったが、キスという次の段階に進むのはもはや安全とは感じられない。

「休暇を楽しめばいいのよ。イタリアはとても美しいところだし、ずっと行きたかったんでしょう？」

「でも、ガブリエルとよ？　それに、わたしが尊敬し、好意を持っている人たちの前で、偽りの関係を演じなきゃならないし」

「いまの段階で、他の選択肢がある？　だったら、楽しむべきじゃない」

「なぜあなたは、いつもそんなに楽天的なの？」

「六人きょうだいのひとりだからよ。深く考える余地はなくて、いつも流れに身を任せなければ取り残されてしまうし、ときには騒音のなかで自分の話を聞き取ってもらうために、もっと大きな声で、もっと速く話さないといけないときもあるの。今度、詳しく話すわ」ルーシーはほんの少し悲しげに笑った。「そんなことより、わたしからのアドバイスよ。〝片思い〟と〝恋に落ちる〟ことは違うって覚えておいて。だって〝恋に落ちる〟のは、とても危険だから」

ヘレンはその電話のあと、気分がよくなったのか悪くなったのかよくわからなかった。低レベルのパニック以外には何も感じないほど、いろいろなことが起こりすぎていた。

真新しいスーツケースに入った真新しい数日分の衣類を見たとき、ヘレンの胃はむかむかし、冷や汗をかいた。というのも、ガブリエルは、これからの数日間を乗り切るために買い足さなければならないものがあると告げただけでなく、何を買うかを選ぶときに彼の好みを念頭に置くほうがいいとも言ったからだ。

「どうしてそんなことを考えなければいけないの？」ヘレンはそう訊《たず》ねたときのことを思い返す。

「なぜなら」彼は絹のように滑らかな口調で言った。「きみがこの状況を回避するチャンスを潰したことを考えると、アルトゥリオとその妻、そしてこれから会うさまざまな人々に、ぼくのガールフレンドだという説得力のある姿を見せなければならないからだ」

彼はこちらを注意深く見つめ、とても真剣な声で言った。「これはぼくにとって大きな意味がある。ぶどう畑を買うことは、それでいくら稼ごうと、ぼくの資産がプラスになるだけにすぎない。でも、家族のつながりは買えるものではない。だからこそ、彼らに対しての説得力が重要なんだ」

「わかったわ、ガブリエル」ふたりの間にある壁がどれだけ崩れたか、彼は気づいているだろうかとへレンは疑問に思った。そして、真摯な態度で彼が打ち明けたことで、彼女の胸は締めつけられた。

「きっとアルトゥリオは、あなたのガールフレンドがどんな服装を好むのか、まったくわかってないわよ」ヘレンは、フィフィがオフィスに現れたときに着ていた服装を思い出し、半ば笑みを浮かべながら会話を進めた。体にフィットするホットピンクのスポーツウエアは、大胆で冒険好きな人だけが着るもので、ヘレンはそのどちらでもなかった。

ガブリエルは肩をすくめた。「アルトゥリオが、魂の伴侶《ソウルメイト》でありパートナーが部屋に入ってきた瞬間にぼくの目が輝くのを見れば、より説得力が増すだろうね」

ふたりの視線が絡み合い、ヘレンは数秒間、足元の地面が不安定になるのを感じたが、その瞬間は過ぎ去り、ふたたび平常心を取り戻した。

それにしても、ガブリエルはヘレンに、フィフィのように派手な服を着ることを本当に期待しているのだろうか。彼は部下の仕事着しか見たことがないし、ここでも常識的なカジュアルな服しか着ていなかった。けれど、いつもと違う服装をするというのは、魅力的に思えた。

ガブリエルはヘレンに〝役柄にふさわしい服装〟を望んだ。昨日、ブティックを次々と回っていたとき、彼女の頭のなかは常識と無謀さの間で揺れ動いた。そして、常識なんて無視してしまうべきだと思い至った。

ドアをノックする音がした。ガブリエルが一緒に空港に向かうために迎えに来たのだ。

ドアを開ける前に、ヘレンは鏡に自分の姿を映して満足した。費用を惜しまずに買った着心地のよい服は上品さがあり、大富豪ガブリエル・デルーカのガールフレンドという地位にふさわしいと感じられた。〝懸命に働き、遊び心も持ち合わせていて、大富豪の華やかな世界で快適に暮らしている女性〟という役割にぴったりな服装だろう。

　完全な変身だ。数着の服に使った金額に罪悪感を覚えたが、一方で、もし彼女が費用を抑えることに決めたら彼が反対するだろうとわかっていた。

　ガブリエルがフィフィのような派手な服装を望んでいるのなら、その望みに応えるべきだ。ヘレンは彼の反応を考えながら買い物をした。しかし、機内用には涼しげで楽な服装にした。リネンのゆったりとしたキュロットと、クリーム色の袖なしのシルクベスト、そして茶色のローファーという、上品で洗練された服装を選んだのだ。

　ドアが開くと、ガブリエルはとても驚いた。というのも、安っぽい既製服以外を着た秘書を見るのはこれが初めてだったからだ。彼は内心、彼のガールフレンドたちが着ているような高価なデザイナーズブランドの服などヘレンはばかにしているのではないかとずっと疑っていた。それなのに、彼女は高価な服を見事に着こなし、洗練された雰囲気を漂わせている。そして、彼女の髪は、カリフォルニアの太陽を浴びて前より明るくなったように見える。

　これは茶番劇でしかないが、一瞬、この女性は自分のものだと世間に思わせたいという考えが頭をよぎった。

「荷物はまとめ終わったか？」ガブリエルは目の前の光景を堪能したくてたまらなくなった。

「ええ、準備はできているわ」ヘレンは、はきはきと答えた。そして、床に置かれたふたつのスーツケースを示した。「新しい服のためにスーツケースを買わなければならなかったの」

「きみが望むなら、もっと買い揃《そろ》えても構わなかったのに」彼はそう言うと、ヘレンが彼の横を通れるように脇に寄った。すれ違ったときに、彼女から女性らしいフローラルな香りが漂ってきた。

「もちろん、ノートパソコンも用意してあるわ」彼女はそう言うと、運転手が待っているレセプション棟に向かって歩きだした。「飛行機のなかで仕事をしようと思って。ダンディー近郊のエコビレッジで仕事をはじめようとしている建設会社から、何通かメールが来ているの」

ヘレンは自分たちが一緒に働いていることをふたりに思い出させるために、最善を尽くしてくれた。ダンディー近郊のエコビレッジ……確かに、そんな話があったのを思い出したからだ。けれど、ヘレンから漂うフローラルな香りが鼻孔を突き抜け、外にある他の花の香りとまざり合い、すぐに彼の気を仕事から逸《そ》らした。

彼は脳みそを現実に引き戻し、その後の数時間、空港に向かう間も、飛行機のファーストクラスのコンパートメントに落ち着いてからも、彼女がどうしても処理したいと主張する仕事関連の問題の集中砲火になんとか没頭した。

「仕事はもうたくさんだ」機内でシャンパンが出されたときに彼は言った。

ガブリエルはヘレンのノートパソコンの蓋に指を置き、そっと閉じた。「この奇妙な状況のせいで、きみが秘書であるという事実をぼくに思い出させたいのはわかる。しかし、これから恋人として振る舞うのなら、イタリアに着く前に互いの空白を埋めなければならない」

ヘレンの胸は高鳴った。

ガブリエルはヘレンの服装について一言も口にしなかったが、彼のまなざしが素早く彼女に注がれた瞬間、性的な緊張が電流のように体内を駆け巡った。彼女はその感覚を望み、そして望まなかった。うちなる葛藤は甘い拷問でしかないからだ。

ヘレンにとって、すべてが初めてのことだった。いままでの人生は、いつもとても整然としていた。でも、今回のことは？　あの途方もなくロマンティックなホテルでの出来事でボスとの間の境界線が曖昧になったけれど、ありがたいことにふたりは正気を取り戻したはずだった。

しかしいま、ヘレンは足元の砂がどんどん崩れていくのを痛感していた。彼女はボスがどんな男か知っていたし、彼の磁力に引きこまれてしまうのは致命的だともわかっていた。けれど、彼の言うことにも一理ある。恋人なら、互いの過去について基本的なことくらい知っているはずだ。アルトゥリオたちから投げかけられる簡単な質問しだいで、この茶番劇は台無しになり、彼らは恋人同士には見えなくなるだろう。

「確かに、そうかもしれないわね」ヘレンは同意した。「どんなことを話せばいいのかしら」

「たとえば、家族のことだ。きみは、きみの母親と弟が自動車事故に巻きこまれたことについて、何も話してくれていなかったね。その前に、きみの父親と、その事故で影響を受けたであろう他のすべての人々に、心からお悔やみを申し上げたい」

「お気遣い、ありがとうございます」彼女は礼の言葉を口にした。

「大変だっただろうね。そのとき、きみは何歳だったんだ？」

「ガブリエル……」ヘレンが彼を見ると、好奇心に満ちたまなざしにぶつかった。「説得力を持たせるためには、わたしたち自身の基本的な事実や数字をいくつか知っておく必要があるのはわかるけど、詳細は必要ないわよね？」

「ぼくが訊ねたのは基本的な事実と数字の質問だ。どうして秘密にしていたんだ？」

「なぜなら……」ヘレンは声を落とし、深呼吸をした。「わたしはただの秘書だからよ。そして、あなたのガールフレンドというわけではないから、自分のことを話す必要はないと思ったの」

「でも、きみはぼくのことをほぼ知っている。それに、きみがこの状況を作った以上、ぼくの従業員という立場から少し離れてもいいと思う。少し心を開くのはそれほど難しくないはずだ。もっと打ち解けてくれてもいいんじゃないか？」彼の声はハスキーなものだった。「チャンスを与えてくれるなら、ぼくはとても理解ある人間になれる」

「八歳よ」ヘレンは目を逸らし、シャンパンに口をつけた。「そのときわたしは八歳だった。わたしは父と家にいて、母は三歳違いの弟トミーと一緒にいた。母はトミーを誕生日パーティーに連れていくところだったの。あまりにも悲劇的な、不慮の事故だった。高速道路での玉突き事故よ」彼女は目を潤ませ、苦しげに息を吸いこんだ。

ガブリエルは優しく励ますようにうなずいた。

「父はぼろぼろになった。どん底から抜け出すのに時間がかかって、ようやく抜け出したときには別人のようになっていたの。父はもう気楽な人間ではなくなっていた。とても過保護になっていた。わたしが本当にそれに気づいたのは成長してからで、他の女の子たちがどれだけ自由にしているかを目の当たりにしたときだったわ」

「そのことをどう受け止めたんだ？」

「気にしたことはなかった。父のことはいまでも大好きよ。父はわたしのためにベストを尽くしてくれていたし、わたしはいつもそれを知っていたから」

「つじつまが合うな」ガブリエルがつぶやいた。

「どういう意味？」

「きみの慎重さについてだ。ジョージはきみにとって、慎重な選択だったんじゃないのか？」

「ジョージのことなんか話していないわ」

「若いうちは間違うものさ」

「若さゆえの過ちは誰にだってあるでしょう？　わたしたちが人生の歴史を共有している以上、あなたにだって話すことがいくつかあるはずよ」

「そうだな。株を売る際、ちょっと焦りすぎたときが何度かあった」

「ふざけないで、ガブリエル。わたしたちは、お互いのことを少しでも知る必要があると言ったのはあなたよ？　それなのに、どうして一方通行なの？」

「きみが本当に知りたいなら」彼は肩をすくめた。「ぼくの両親は、どんな間違いをおかしてはいけないかという手本を、ぼくに示してくれた。彼らは互いに深くかかわりすぎて、まるで病気のようだった。愛する相手のせいで自分を見失ってしまう病気だ。だからぼくは、若さゆえの過ちをおかすことはないし、もちろん婚約破棄もない」

「失恋もないということね」

「それはぼくの人生には存在しない」彼は顔をしかめて言った。

「人生がどうなるかなんて、わからないでしょう？　あなたとアルトゥリオが出会った経緯を考えてみれば、わかるはずよ」

「確かにそのとおりだな」

「ねえ、あなたは結婚するつもりはないの？」

「いまのところ予定はない」

自分はそんなことを本当に知りたいのか、ヘレンは疑問に思った。ロンドンに戻ったら通常の仕事に戻らなければならないのだから、さらなる複雑な状況に陥りかねないというのに。イタリアにいる間は、自分たちの普段の枠から飛び出すことはできるだろうが、それは深入りしてはいけないものと理解しておかなければならない。

「もしあなたが将来を見据えたボーイフレンド候補ではないと知ったら、世の中の魅力的な女性たちはさぞがっかりするわね」

ヘレンのその問いに、ガブリエルは何も答えなかった。

彼らが目的地に到着したのは夕暮れで、風景は柔らかな光に包まれていた。到着ゲートでは、ふたりの名前が書かれたプラカードを持ち、運転手が待っているらしい。

「これからどこに行くのかさえわからないわ」荷物を受け取るためにターンテーブルのそばに立つヘレンたちの周囲を、早口のイタリア語が飛び交っている。

「〝来てからのお楽しみだ〟とアルトゥリオに言われたんだ。親戚がたくさんいて、とても大きな家族だからね」

「小さいよりはいいかもしれないわ」

「つまり、かかわる人数が多ければ、それだけ特定の人物と深くかかわる必要もなく、誰かが秘密を暴き出すチャンスも減るということか？」

「そんなところね。アルトゥリオたちに会う前に、細かい話もすり合わせておくべきかしら？」

ガブリエルは彼女をまっすぐに見つめ、にやりと笑った。「警備員がドアに張りついているような状況での尋問にはならない。ぼくたちはすでに互いのことをひとつかふたつ詳しく知っているから、それでじゅうぶんだと思う」

「アルトゥリオとイザベラがわたしのことを気に入ってくれているのは知っているけれど、あなたのような人がわたしのような人を好きになってくれるなんて、他の家族――とくに、ゴシップ欄に興味のある若者は変だと思わないかしら」ヘレンが不安に思っていると、ガブリエルは足を止めて彼女に向き直った。

彼は彼女の腕をつかみ、真剣なまなざしでこちらを見つめた。

「〝あなたのような人〟に〝わたしのような人〟だって？　その考えはどこからきたんだ？」

「どこからでもないわ。ただ思っただけよ」ヘレンは笑いかけながら言った。「あなたは女性を選《え》り好みすることができる独身男性よ。この空港にいる誰かは、あなたがフィフィといる姿をどこかのタブロイド紙で見かけたはず。だから、わたしが言いたいのは、あなたが思っているほど簡単にアルトゥリオの家族を納得させられないかもしれないってこと。でも、わたしたちはすでにイタリアにいる。そして、わたしがこの混乱を招いた張本人であることはちゃんと理解しているわ」

「ぼくは億万長者だし、魅力を感じてくれる女性もときにはいるだろう」ガブリエルが小声で言った。

彼の手は、いまもヘレンの腕をつかんでいる。

「ときには？　それは控えめな表現ね。わたしはあなたと三年以上、一緒に働いているのよ」

「それがぼくの言いたいことなんだ」

「どういう意味？」

「フィフィやその他の女性と高価なレストランで食事をし、劇場の高額な座席に座るような夜を数え切れないほど過ごしたあと、寝室の明かりが消されるより前に退屈するようになった。だけど、ぼくはついに、自分が求めていたものが目の前にあると気づいたんだ」

「それで、求めていたものとは？」

「何年もぼくのそばにいて、ぼくのことを誰よりもよく知っていて、聡明《そうめい》で面白くて、フィフィのような女性が感心するたぐいのあらゆることに感心しない女性だ」

ふたりの間に静寂が訪れた。

ヘレンはまばたきをした。彼の話には説得力があり、ヘレンでさえいまの言葉を信じそうになった。

けれどそれは、このありえない状況に対して、もっともらしい理由を提供するための嘘《うそ》でしかない。

彼女が少し離れると、彼は腕をつかんでいた手を下ろした。「その説明なら、納得させられるかもしれないわね」

数秒間、ガブリエルは完全に沈黙して彼女を見つめたあと、指で髪をかき上げてから背を向けた。

「荷物が出てきたぞ。ピックアップしたら、ぼくたちの予期せぬ冒険の旅に出かけよう」

リムジンでの移動があっという間だったのか、それとも物思いにふけって時間があっという間に過ぎたのか、ヘレンにはよくわからなかった。彼女がぼうっとしていたのは、募る不安を隠すために、仕事上の問題をぺらぺらしゃべるのにうんざりしていたからだ。

考え事をしていて気分が悪くなり、ヘレンは車窓に広がる景色を眺めた。なだらかな丘の麓には緑が広がり、遠くにある丘の斜面には白い建物が連なっているのが見えた。空は青く、まるで美しい絵画のなかにいるような気分になり、道路を行き交う車でさえその感覚を損なうことはなかった。

リムジンが幹線道路から外れて緑豊かななかを進みはじめると、ヘレンはまばたきをした。パステルカラーの壁と赤い屋根の家々を背景に、記念碑のように彫られた白い石がそびえ立っていた。

「ぼくのイタリアのルーツはこのあたりなんだ」

ガブリエルがしばらくぶりに発した言葉だった。座席にゆったりと座る彼の姿を、ヘレンは興味深く見つめた。

「不思議な感じがする?」彼女は優しく訊ねた。「いままで来てみたいと思ったことはないの?」

「来る理由などなかったからね。きみも知ってのとおり、ぼくの両親はカリフォルニアに移住して、そこを拠点にしていた。彼らは若いころに海外留学をし、イタリアに戻りたいという気持ちがなくなってしまったらしい。きっと両親はアルトゥリオやその一族とは親しくはなかったのだろう。ぼくの前では、アルトゥリオたちのことなどまったく話題にしなかったからね」

「好奇心はなかったの？」

「なかった。自分の知らない過去に浸るには、人生は短すぎる。それに、ぼくの両親が亡くなるまでに、ふたりは共同相続財産のかなりの額を使い果たしていた。父は仕事にほとんど関心がなかったから、多くの古参社員は引退し、後任の若い社員も仕事熱心ではないと気づいていなかった」

「それはどういう意味？」

「つまりぼくは、両親が衰退させた部門を徹底的に取りしまらなければならず、両親の過去をたどる時間などなかったということだ。本社はとっくにロンドンに移転させていたから、イタリアに行って監督する必要はなかったし、そんな余裕もなかったんだ」彼の声は低く、ささやくようなものだった。「普段は言わないことを言わせてくれ。自分でも、あの状況からよく立て直せたと思うよ」

ヘレンは身震いした。なぜなら、彼女に秘書以上の存在であると思わせるために秘密を打ち明けられるほど、最悪なことはないと感じたからだ。

そのとき、ガブリエルが前方を指さしたので、ヘレンは絵のように美しい町の先に、広大な屋敷があるとわかった。その屋敷はまるで城のようなかたちをして、白と灰色の石造りであるせいか、まるで屋敷自体が周囲の岩と一体化しているようだった。

「アルトゥリオとその家族は、ぶどう畑を近代化する余裕がなかったから売却したという印象を受けていたの」ヘレンは屋敷に驚嘆しながらつぶやいた。

「城は維持費がかかる」ガブリエルは苦笑いしなが

ら答えた。「ここだけの話だが、アルトゥリオと非公式に取り決めているんだ。ぼくが城を見て、これ以上荒廃しないようにするにはどうすればいいかを考えると。その程度のことなら、ぼくの財政にはほとんど影響しない。彼の子どもたちはずっと城を売るように働きかけていたけど、実際のところ、老人はあの城に執着しているんだ。そして、ぼくはその気持ちを尊重したい」

「アルトゥリオにとって、あなたは救世主ね」

　ガブリエルはヘレンの冷静で知的な顔立ちをじっと見つめた。彼はどんな女性とも真剣な関係を考えたことがなかった。付き合ってきた女性たちは通過点以外の役割には不向きだったが、無意識のうちに間違ったタイプの女性を選ぶことで、真剣な交際の可能性を逃していたのかもしれない。頭に浮かんだその考えは、興味深いものだった。

　彼はヘレンから目を逸らした。「さあ、もうすぐ到着だ。イタリアでの滞在を楽しもう」アルトゥリオとイザベラはすでに屋敷の入り口で待っていた。彼らの背後には、制服姿のスタッフがいる。

　運転手がドアを開けた瞬間に、演技がはじまった。ガブリエルがヘレンの肩にさりげなく腕を回したとき、ヘレンの顔にはすでに笑みが浮かんでいた。そして、彼らが屋敷に華々しく迎え入れられる間も、その笑みは消えなかった。そして、飲み物と夕食の時間を決めたあと、ふたりは寝室に案内された。

7

　ガブリエルはネクタイを緩めた。最後にネクタイを締めたのはいつだったか覚えていなかったが、アルトゥリオにイザベラ、そしてさまざまな親戚を招いての夕食会では、ネクタイを締めたほうがいいと思って身につけたのだ。そして、それが正しかったとわかった。

　いま、夕食が終わり、寝室のドアを静かに閉めた瞬間に、ヘレンと寝室を共有することになったのを実感した。キングサイズのベッドを見た彼女は両手を腰に当て、彼に窓際のソファで寝るように告げた。

　そして、屋敷内で彼らが与えられた棟は広く、他に誰も使っていないように見えたので、寝室とは別の階のバスルームを使用することまで指定された。

　ガブリエルは即座に両方に同意したが、ヘレンと目を合わせるだけで、性欲が疑わしいほどに高まるのを感じた。

　バスルームに入ったガブリエルは、今夜、ヘレンが居間に入ってきた瞬間を思い返した。彼は自分たちに関する質問の矢面に立つために、彼女より先に階下に行っていた。そこにいた誰もが、熱心な好奇心を見せるにはあまりにも礼儀正しすぎたか、英語に自信がなくてイタリア語で話すしかなく、そうするのは簡単だった。そのうえ、彼らはみな、会ったこともない親戚についての空白を埋めようとしていた。だから、彼がガールフレンドを連れてきたことは、それほど重要ではなかったのだ。

　イタリア語が流暢な彼は、カリフォルニアのぶどう畑の逸話を話している最中に、途中で言葉を止め、遅れてやってきたヘレンをじっと見つめた。

ガブリエルは彼女に、パートナーが部屋に入ってきた瞬間に彼の目が輝けば、ふたりが恋人であるという説得力が増すと言った。それはひとえに、彼女が普段の殻を破って役を演じきることなどできないとわかっていての発言だった。けれど彼女の服装は、予想されたものから逸脱していた。

あのときのヘレンを頭に思い浮かべてうめき声をあげたガブリエルは、服を脱いで冷たいシャワーを浴びた。

どんな考えで赤い服を選んだのだろう。そう、ヘレンは赤をまとっていた。深みのあるセクシーな赤だ。体の大部分は控えめに隠されていたが、上品なセクシーさを際立たせ、もっと見たいと彼に思わせるような胸元のカットだった。

その色はヘレンの肌の色によく似合っており、リップグロスの色とも合っていた。もし彼女が彼の注目を一身に集めようとしていたのなら、それは完璧にうまくいった。そして彼は、アルトゥリオとイザベラが愛情のこもったまなざしで自分を見ていることを知っていた。言葉を失った彼の様子は、恋する男そのものに映っただろう。真実ではなくても、彼らがそう思うのが重要なのだ。

ガブリエルは、アルトゥリオたちと話しながらも目でヘレンを追い、彼女のあらゆる仕草を評価し、彼女がまったく知らない人々とかかわる様子を称賛した。彼女はイタリア語を少し話せたので、その少しの知識を使って八人いる若いグループとすぐに打ち解けていた。

冷たいシャワーでも激しい性欲はほとんど抑えられず、彼はパジャマを持ってきてよかったと思った。というのも、いつものようにボクサーパンツだけで寝るとしたら、自分のものがいかにこわばっているかを簡単に見破られてしまうだろうからだ。

ガブリエルが寝室に入ると、ヘレンは四柱式の巨大なベッドの上で、カーテンの片側だけを開け、本を手にして緊張した表情で横たわっている姿をこちらに見せるようにした。

「ソファにシーツとブランケットを用意したわ」

「ああ、そのようだね。正直なところ、あまり眠れそうにない。百七十センチ程度の長さしかない硬いソファは、百九十センチ以上の男が寝るには不向きだ」

「ごめんなさい」彼女は丁寧に言った。

ガブリエルはにっこりと笑って彼女のほうへ歩いていった。彼は、ふたりが仕事上の関係からどれほどかけ離れてしまったかを思い返した。この取り決めは理にかなっているが、彼の想像力については考慮されていない。彼女もいろいろ想像しているだろうか。それとも、常識のほうが勝っただろうか。

「もしよければ……」

「だめよ」

「しかし、この小さな冒険はすべてきみのせいだということを考えると、ぼくもそのベッドを使うべきだと思わないか？」そして彼は、彼女が明らかに不快そうにしているのを見て笑い、なだめるようにこう付け加えた。「ところで、今夜のきみはすばらしかった。人々を魅了したと思うよ」

ヘレンは、ごく普通の紺色のパジャマを着ていても、彼がどうしてあれほどにセクシーに見えるのか不思議でたまらなかった。目を逸《そ》らしたかったが、できそうにない。袖がたくし上げられ、彼のたくましい前腕があらわになっている様子に目をやり、ズボンの紐《ひも》を緩めれば何が見えるかを想像して、胸を騒がせた。

「たいしたことはしていないわ」ヘレンは咳払《せきばら》いをして言った。「もし、少しでもベッドに横になりたいのなら言って。わたしは早めに起きて、部屋を出るようにするから」

「いや、ぼくは五時前には起きるつもりだ。すぐに仕事に取りかかろうと思っているからね。もしこの家を修復するなら、どのような作業が必要かを考え、費用を計算する必要がある。だからきみは、寝室のドアに鍵をかけて、ゆっくり支度をしてくれて構わない」

「じゃあ、そうさせていただくわね」

「明日はこの城の修繕計画を決めなくてはいけない。ここにどれくらい滞在するかはまだ決めていないが、今後の予定については相談しよう」

「わかったわ」

「それと、明日はきみにもいくつか仕事を頼みたい。この場所に何が必要なのか、その詳細をすべてまとめてほしいんだ」

ガブリエルは指で髪をかき上げ、歪《ゆが》んだ笑みを浮かべた。「心配しないで、ヘレン。ここでの時間は一瞬で終わり、すべては完全に過去のものになる。だから、ぼくたちがロンドンに戻るころには、このすべてが、曖昧で遠い記憶になっていることにきみは驚くだろう」

翌朝、ヘレンが八時半過ぎに目覚めたときには、ガブリエルの姿はなかった。昨夜、彼の息づかいを聞いたが、四柱式ベッドの周りにあるカーテンが、長椅子で寝る彼の姿から彼女を遠ざけていた。

ガブリエルがいない部屋で着替えながら、何を考えて常識を捨てたような無謀なワードローブを選んでしまったのか、ヘレンは見当もつかずにいた。もしかしたら、ガブリエルの印象に残りたかったのだろうか。

昨夜は、彼女が大胆にも赤い服を着たとき、彼の目が大きく見開かれたのを見た。しかし、どちらかといえば、彼らがここに来てからは、彼はむしろ以前よりもスキンシップを控え、彼女の指示に従って寝室の自分の側にとどまるという約束を守った。

そして、昨夜言われたように、ヘレンには仕事があった。朽ち果てた形跡のある広大で古い屋敷を探検し、彼女にしか理解できない方法でガブリエルが言ったことをすべて書き留めた。アルトゥリオもずっと一緒にいた。その後、ふたりはアルトゥリオとイザベラと一緒に昼食をとり、この場所についての無数の可能性について話し合った。そのなかには、棟のひとつを人々がお金を払って訪れることのできるランドマークとして修復し、高級で伝統的な雰囲気のなかで本格的なイタリア料理を味わえるようにすることも含まれていた。

そしてまた次のディナー、また会うべき人々のために着たのは、買わなければよかったと思うようなドレスだった。というのも、旅のために選んだ服装のせいで彼女は思考を制御できなくなり、自分が男性を誘惑する妖婦にでもなったような気分になって、ボスの指示に従っているだけの秘書であることを忘れてしまうからだ。

ヘレンはベッドに置かれた次に着る予定の青いドレスを、悲しげな、あきらめたような表情で見つめた。それはふくらはぎの真ん中くらいの丈のシルクのラップドレスで、背中の大部分が露出している。ブティックで試着したとき、彼女は自分が百万ドルの価値があるように感じ、ガブリエルがそのドレスを着た自分を見たときの顔を想像した。

けれど、いまはそう思えずにいる。セクシーで高級感のある服を買ったときには、自分が多くのものを望むようになるとは思っていなかった。分かち合った秘密がふたりの間の溝を埋め、彼と距離を置くことを難しく感じはじめたからだ。

ヘレンはドレスを手に取ると、姿見の前で体に当て、薄いシルク越しに自分の胸が見えるかどうか確かめようとした。彼女はコットンのショーツ以外は何も身につけておらず、頭のなかで何が起こっているか以外は意識していなかった。

ドアが開く音は聞こえなかったし、ドアの隙間から誰かが入ってくるのにも気づかなかった。何か言う声がして、ようやく自分以外の存在に気がついた。鏡に目をやると、ガブリエルが立っていた。

ヘレンが振り返って彼を見つめたとき、体に当てていたドレスが床に滑り落ちた。

ガブリエルは息ができなかった。彼は閉じたドアにもたれながら、じっと見つめずにはいられなかった。なぜなら、人生でこれほどすばらしい光景を見たことがなかったからだ。

ヘレンは全体的にほっそりとしており、先端が深い薔薇《ばら》色の小さな胸は完璧で、ウエストは彼の手で簡単につかめそうに見えた。太陽は彼女の肌を淡い黄金色に染めていたが、胸と腹は青白かった。

「ヘレン」彼は掠《かす》れた声で言った。入る前にノックしたことや、ドアが半開きだったことを彼女に伝えたかった。彼女の唇が驚きに開かれるのを見て、彼はすぐに目を逸らそうとするのと同時に安心させようとしたが、自分の前にたたずむ美女の姿に、無関心を装うことはできなかった。

「なんてことだ、きみは美しい」ガブリエルは無意識のうちに言っていた。そのまま彼女に近づいていくと、ふたりの視線が絡み合った。

彼女の頬に手を伸ばし、親指でそっと撫《な》で下ろすと、滑らかな肌と柔らかな唇を感じた。「きみが欲しい」彼は声を荒らげて言った。自分のものが痛いほどこわばっているのがわかった。

「そんなの間違ってるわ」ヘレンはささやいた。

「わかってる」

「だけど……」

「だけど、ぼくたちふたりとも、このくるおしさから解放される必要がある」ガブリエルは許されるまでヘレンに触れるつもりはなかったが、もし触れられなかったら自分がどうなってしまうかわからなかった。

彼女は何も言わずに彼の手を取り、自分の胸に導いた。そして、彼の指が胸の先端を撫ではじめるとため息をついた。

ふたりはアルトゥリオたちと飲みに行くことになっていた。急いで支度をしたとしても、すでに遅刻だ。

外出などどうでもいい。ガブリエルはヘレンにキスをし、彼女の胸を愛撫《あいぶ》しながら四柱式ベッドのほうへゆっくりとうながして座らせると、上半身だけをベッドの上に押し倒した。

ガブリエルは大きく息をついて、彼女を見下ろした。服を脱ぐのは一苦労だったが、彼はシャツのボタンを外し、ズボンを脱ぎ、彼女と同じように下着だけになった。ボクサーパンツの前はとても膨らんでいた。興奮している証《あかし》だ。

ヘレンも同じように興奮しているだろうか？

ベッドからぶら下がるようにして床につく彼女の脚を広げて間に入ったガブリエルは、太腿の奥に手を差し入れた。すると、彼と同じように渇望していることがわかる湿り気を感じた。

彼は片方の手のひらをマットレスの上に置いてバランスを取り、もう片方の手を彼女の下着のなかにそっと入れて、その溝の滑らかさを感じ取った。そっと撫でると、彼女は身をよじって脚を大きく広げ、頬を紅潮させた。

ガブリエルは彼女の前にひざまずき、下着を脱がせ、両手で彼女の内腿の柔らかい皮膚に触れた。そして、脚の間に頭を埋《うず》め、数秒間息を吸いこんだあと、舌を彼女のなかに滑りこませて硬くなったつぼみを見つけようとした。

ヘレンは麝香《じゃこう》のような、情熱と欲望のにおいを放っていた。彼はただ舐《な》めつづけ、彼女を限界まで興奮させた。

うめき声をあげながら彼女は痙攣《けいれん》し、完全にぐったりしたときに、彼は床に落ちたズボンのなかの財布を探って、いつもそこに入れてある小さな包みを取り出した。


体には熱がこもっている。ヘレンは薄目で、彼を見つめた。いまのは本当に起こったことなのだろうか。欲望の炎が破滅的な力で彼女を引き裂いた。こんな快感を覚えたのは初めてだった。

ヘレンは境界線を徹底的に越えることに、いくらかの恐怖を感じるはずだとわかっていたが、そうはならなかった。彼女は力強さと活力を覚え、激しく満たされもした。

「ごめんなさい」彼女はあまり後悔することなくつぶやいた。「もっと耐えるべきだったのに、どうしてもできなかったの」

「さっきのきみほどセクシーな光景は見たことがない」ガブリエルはうなり声をあげた。「残念なことに、ぼくも興奮しすぎていて、長くは持ちそうもない」

ガブリエルは彼女に馬乗りになると、一気に深く押し入ってきた。静まりかけていた欲望が息を吹き返し、彼が奥へ奥へと突き進むにつれて、ヘレンはふたたび自分が高揚していくのを感じた。

彼女に現実感が戻ってきたのは、心を揺さぶるような興奮と砕け散るようなオーガズムが引いていったときだった。

ガブリエルは彼女の上からどくと、ベッドに仰向けになってシルクの天蓋を見上げた。彼はいったい、何を考えているのだろう。

ヘレンはいまの行為を後悔しなかったが、後悔すべきなのだろうかと考えた。常識に反していたとはいえ、自分の下した決断に満足していない部分はひとつもなかった。彼の秘書という立場からすれば、率直に言って、これ以上悪いことはなかったが。

彼女は体を隠そうとしてシーツに手を伸ばしたが、ガブリエルがそれを止め、こちらに向き直った。

「隠さないでくれ。きみを見るのが好きなんだ」

ヘレンも彼を見ることができるように体勢を変え、静かに言った。「お互いに、なかったふりをすることはできないと思うの」

「それは難しいことだろうね」

「そして、わたしはあなたと同じようにこれを望んでいたから、その結果を受け入れるわ」

「結果だって?」

ヘレンは深く息を吸いこんだ。ガブリエルが彼女の髪をもてあそびながら全身を見つめているだけに、頭が混乱する。

「これからどうすればいいの？ どうやって事態を収拾して、前に進めばいいのかしら」彼女はささやいた。「もちろん、あなたは真剣に誰かと付き合わないとわかっているけれど」

「驚いたな。きみはぼくを理解しているみたいだ」

「ガブリエル、それがあなたの考えなの？ あなたは女性と駆け引きをして、それが終われば、彼女たちと会う必要もないから簡単に次に進む。でも、今回は少し違うわよね？ 自分の判断ミスを職場で毎日のように目の当たりにするなんて、受け入れがたいことでしょうから」

「誰が判断ミスだと言った？ きみは起こってもいないことをあたかも事実のように言うが、本当にそうなのか？ ぼくたちは、ともに多くの障壁を乗り越えてきた。そして、これまで知らなかった互いのことを知るようになったじゃないか」

「でも、わたしはあなたの秘書なのよ」

「きみはセクシーで、美しくて、頭が切れ、ぼくと寝たいと思っていた女性だ」

ヘレンは彼の表現に顔を赤らめた。頭が切れるというのは、自分でも認められる。でもセクシー？　美しい？　彼女は自分のことをそのどちらでもないと思っていた。そんな言葉のひとつひとつに、ヘレンは自分が未知の世界へと深く、そして速く突き進んでいくのを感じた。

「念のために言っておくが、ぼくはまだきみと寝たいと思っている」

「そんなことを言わないで」ヘレンはささやいた。

「どうしてだ？」ガブリエルは指先で彼女のおへその下、そして脚の間の柔らかなうぶ毛の上をなぞった。

ヘレンの息が荒くなった。「どうしてって……」

「きみはこの先を望んでいる？　ぼくたちがひとつになることを」

「やめて！　わたしは分別があるように努めているの」

「きみはいままで、分別のない行いをしたことがあるのか？　危険をおかす勇気を持ったことは？」

「わたしは……」

「危険をおかすのをためらうな。ぼくたちはあと何日かここにいる。出社して自分のデスクに着く前に、お互いに楽しもう」

「現実が見えないの、ガブリエル？　ロンドンに戻ってオフィスでわたしと向き合ったとき、物事は元どおりになるとでも？　どうしたらそれが可能になるというの？」ヘレンは必死に訴えた。

「きみが何を心配しているのであれ、ぼくたちはここで満足すれば、きみが言うように物事は元どおりになると思わないか？」

「そんなの理解できない」

「いまふたりの間にある炎が燃え尽きたら……」ガブリエルはつぶやきながら手を伸ばし、ヘレンの胸の先端に触れた。「残るのは、懐かしい思い出だけだろう。ヘレン、ふたりの人間がベッドをともにし、お互いを楽しみ、ある程度の関係を築き、その後も向き合うことは可能なんだ」

「ずいぶん簡単なことのように言うわね」

「簡単か難しいかは、きみが決めることだ」

その論理には欠点があり、ヘレンはそれを見いだそうと必死になった。彼の言葉は、もっとも濃く甘美なチョコレートのように柔らかく誘惑的で、信じられればいいのにと願った。なぜなら、ガブリエルが彼女のなかに呼び起こしたこのすばらしい感覚に、まだ別れを告げる準備ができていないからだ。

ヘレンにはこのつかの間の関係が必要だ。そこから何かを築こうとするほど愚かではないから、きっと安全なはずだ。自分を導いてきた基本原則を放棄することは決してできないだろうが、今回だけは勇気を出してもいいのではないだろうか。

そして肝心なのは、今後、彼と働くのに居心地の悪さを感じたら、退職すればいいということだ。ロンドンは活気のある都市であり、すぐに他の仕事を見つけることができるだろう。

「アルトゥリオたちを待たせているわ」ヘレンは優しく言いながらも、ガブリエルの筋肉質な太腿に手を滑らせたあと、自分の脚を絡めた。それを見て、彼はゆっくりと、そして意図的に微笑《ほほえ》んだ。

「遅れたって構わない」

ヘレンはためらうことなく微笑んだ。「じゃあ、急がないと」

「それは、ぼくが克服すべき課題だ……」

ガブリエルは、自分たちのスーツケースが運転手つきの車に運ばれていくのを見ながら、数秒の間、顔に当たる太陽の光を楽しんだ。彼とヘレンはアルトゥリオの壮麗な別荘に予定よりも長く滞在し、改修工事に必要な作業をすべてリストアップした。

アルトゥリオとその家族を見れば見るほど、ガブリエルは自分の家系についてもっと知ることが大切だと思った。彼の両親は祖国を捨て、親戚との絆《きずな》を断ち切ってしまった。自分の知らない家族につながる扉が開かれたいま、両親と同じ道をたどることは避けなければならない。

すべてが完璧にうまくいったと思い、ガブリエルは振り返った。ヘレンが微笑みながら老夫婦を抱きしめるのを見て、彼は満足した。

生まれて初めて仕事をサボってイタリアに一週間滞在したが、実のところ、ガブリエルは自分の欲望がこれほど長く続くとは思ってもいなかった。たとえ相手がセクシーな女性であっても、自分の興奮の持続時間はかなり短いものであるはずなのに。

しかし、ヘレンは違う。彼女を見つめれば欲しくなり、欲しいと思うだけで、よりいっそう欲望が増した。

「ローマで数日過ごさないか？」昨夜、彼はヘレンに言った。

「ローマには行ったことがないわ」

そう答えた彼女に、彼はどんなところにだって連れていこうと返したかった。けれど、数日後には外せない仕事が待っているし、守れない約束はしたくなかった。

ガブリエルはアルトゥリオと握手を交わし、イザベラの両頬にキスをした。そして、ついに屋敷から車で離れたとき、彼はヘレンに向き直った。

「計画変更だ」

「計画変更？」ヘレンはリラックスしようと努めながら彼を見つめた。

この数日間は、驚くべきことばかりだった。彼女はガブリエルの真の姿を目の当たりにし、その裏にある寛大さや魅力、それに突き動かされるような意欲と鋼鉄のような芯の強さを知った。

そして、彼が本当に楽しそうに笑う声を聞き、欲望に打ちのめされ、リラックスし、満たされ、穏やかな呼吸で眠る姿も見た。そのうえ、アルトゥリオとイザベラの財政的な悩みに耳を傾ける思慮深さもあった。アルトゥリオたちはガブリエルを心から迎え入れ、息子同然に信頼していたのだ。

イタリアに来て、ヘレンはガブリエルの知らなかった側面を見ることもできたが、ただひとつ、変わらないことがあるとわかっていた。それは、彼がもうすぐふたりの関係を終えるということと、彼女がそれを受け入れなければならないということだ。彼女にとっていまがどんなにすばらしい関係だったとしても、ふたりが手にしているのは借り物の関係でしかないからだ。

「それで、何を変更するの?」

「ローマに行く件だ」

「別に行く必要はないわ」ヘレンはすかさず言った。「事務所を空けられる時間が限られているのはわかるから」

「オフィスには有能なスタッフが揃《そろ》っていて、ぼくたちがいなくても問題ない」

ガブリエルはヘレンを見て、この女性と一緒にいると居心地がいいのはなぜなのだろうか、なぜ自分の注意力が散漫になりはじめているのだろうかと考えた。彼女が必要以上にべたべたせず、結婚したい、同じベッドで眠りたい、などという間違った考えを持たず、彼を飼い慣らしたいとも思っていないからなのだろうか。

数秒間、彼女と結婚し、同じベッドで眠りにつくことを想像した。そして、彼はもはや特定の相手を作らずに過ごしたくはないという気持ちを受け入れた。

彼はヘレンと一緒にいて心地よいと感じた。そう思うとなんだか怖くなって、顔をしかめた。

「ローマは夏の間、ひどく混雑すると気づいたんだ。観光客はどこにでもいて、あらゆるものに蟻《あり》のように群がっている」

「そうかもしれないわね」ヘレンはある種の切なさを含んだ声で同意した。

「だから、ローマではなく、ジェノヴァはどうだろう？　ここから車で簡単に移動できる」

「なんですって？」

ガブリエルは隣の席を叩《たた》き、彼女が自分のそばに移動するのを待った。そしてズボンのポケットに手を入れ、くしゃくしゃになった紙を取り出した。太腿の上で撫でつけて伸ばすと、それは一枚の地図だった。

「たいていの人はスマートフォンの地図アプリを開くけど、なぜかぼくはいつも紙の地図を持ち歩いているんだ」ガブリエルは肩をすくめた。「昔々、ジェノヴァが地球上でもっとも豊かな都市のひとつだったことを知っているか？　港があったからだ。多くの富裕層がそこに住むようになり、邸宅を建て、より発展していったんだ」

「それは興味深いわね」ヘレンは地図を覗《のぞ》きこみ、それから彼を見た。「でも、なぜそこに？」

「アルトゥリオとイザベラだよ。彼らは、ぼくが知らなかった家族の価値に目を開かせてくれた。ぼくの両親は血のつながりになんの興味もなかった。だから、いまこそぼくはその過ちを正すときであり、それは両親がかつて家と呼んでいた場所からはじまるだろうと思ったんだ」

8

ガブリエルには、いつローマの予定からジェノヴァに変更することにしたのか、自分でもよくわからなかった。ジェノヴァは、両親の出身地としてしか、彼の頭のなかにはなかった。両親が十代前半のころに留学のためにあとにし、その後、退屈で息苦しくなったからという理由で離れた場所だった。

もし両親がもっと家族と団結していたら、どうなっていただろう。彼らはここにとどまっただろうか。家族ぐるみで財産を管理していただろうか。

「ジェノヴァ近くの小さな町の中心部に四泊分のホテルを予約した」

「本当にいいの？」

「何が？」

「過去をたどることよ。そうするなら、ひとりのほうがいいのかと思って」

「それはロマンティックに考えすぎだよ、ヘレン。ぼくは感動的な発見の旅に出るわけではないし、家系図を調べることに時間を費やすつもりもない。とはいえ、好奇心を持つのに遅すぎるということはない。ここから場所的にも近いし、何度も行ったローマに行くくらいなら、ジェノヴァだって構わないと思ったんだ。それに、どこに行こうとも、きみの体はぼくを興奮させてくれるからね」

「ふざけないで」ヘレンは微笑《ほほえ》んだが、目は真剣なままだった。

「本当に、単なる好奇心なんだ」ガブリエルは肩をすくめて答えた。「ぼくの両親はどちらも、自分たちが育った街のことを話さなかったから」

「そうなの？」

「少しも楽しい話ではないが、ぼくの両親は自分たちが楽しむことに重きを置いていた。だから、金を払って他人にぼくの世話を任せていた。両親は子どもの存在なんてちっとも嬉《うれ》しくないと思っていて、ぼくは彼らと話す機会などほとんどなかった」

　こちらを見つめるヘレンに対し、ガブリエルは歪《ゆが》んだ笑みを浮かべた。「きみはとんでもなく聞き上手だね」彼はぶっきらぼうに言った。

「あなただって聞き上手よ」

「褒め言葉として受け取るよ」

「わたしの場合、もう少し過保護じゃない父親だったらよかったのにと思うわ。年を重ねるにつれて、どうして父があれほどわたしを守ってくれたのかを理解できるようになったけれど、振り返ってみると……」ヘレンはため息をついた。「ジョージと婚約したのは、〝安全〟であることが条件だったからだと思う。ただ、それはわたしにとって正しい関係ではなかったの。同じ理由ではないにせよ、ジョージにとっても正しい関係ではなかったのね」

「そしてきみは、いまここにいる」ガブリエルはゆっくりと言った。「安全について書かれたルールブックなど、焼き捨てて」

「そのとおりね」そう答えながらも、ヘレンは混乱した。ガブリエルは彼女にとって危険な存在のはずなのに、なぜ一緒にいてこれほど安心できるのだろう。「それにしても、あなたがいままで自分のルーツを訪ねてみようという気持ちが少しもなかったなんて信じられないわ」好奇心から、彼女はふたりが話していた話題に戻った。

　彼に聞き上手と言われたことを思い返し、心が温かくなった。これはベッドをともにするようになる前から互いを知っていたからこそ生まれた、特別な絆《きずな》ではないだろうか。そして、ふたりの境界線が曖昧になったいま、親密さが深まり、だからこそその関係がうまくいっているように感じられた。

「自分のルーツなど、ぼくの人生の妨げにしかならないと思っていた」ガブリエルはどうでもいいことのようにつぶやいた。「しかし、アルトゥリオの屋敷とジェノヴァがこれほど近ければ、好奇心もわくというものだ」

「どんな気持ちになるかしら？」

「どういう意味だ？」

「つまり……」踏みこみすぎたかと思い、ヘレンは言い淀《よど》んだ。どんなときに、彼の心のシャッターは下りるのだろう。彼はどれほどに親密になった相手でも、親密になりすぎるといつも壁を作ってしまうのだから。

「心配しないでくれ」彼の口調はそっけないものだった。「ぼくが泣きだすかもしれないと思って、ティッシュを買いだめしておく必要はない」

「そんなつもりはないわ」

「念のため言っておくが、ぼくは精神分析をするガールフレンドに感謝したことはない」

「でも、わたしはガールフレンドじゃないでしょう？」

「確かにそのとおりだ」

ヘレンの頬が熱くなった。もし自分がガールフレンドでないなら、いったいなんなのだろう。一時的な遊び相手という考えは気分がよくないが、自ら進んで引き受けた役割だ。彼女は最初から、ガブリエルが恋愛をしないことを知っていた。しかし、ヘレンにとって状況は変わりつつあり、彼がどれほど彼女を傷つけられるか、この関係がどれほど彼女を傷つけるのか、じょじょに気づきはじめていた。

「あなたのご両親が住んでいたところには行くの？」ヘレンは無意識のうちに訊《たず》ねていた。

「もう質問は終わりだ」ガブリエルには答えるつも

りはないらしく、優しくそう返された。「代わりに、退屈な質問とは比べ物にならないほど、すばらしい景色を見るんだ」

　言われるがまま車窓から外を眺めているうちに、その景色が彼の言うとおりすばらしいものであると知った。彼はしだいにリラックスして知識豊富なガイドとなり、いろいろなものを指さしながら彼女の頭にたくさんの情報を詰めこんだので、まるで彼は、両親が去ると決めた場所についてすべて調べることを使命にしているのではないかと思えてきた。

　車はのんびりとしたペースで村や町を通りすぎていった。車内は冷房が効いていて涼しいが、雲ひとつない青空から降り注ぐ暑さを感じるのは簡単だった。車が海沿いの細い道を曲がるたびに、そのまま海に落ちていくような感じがし、通りすぎていく村や町は、崖に危なっかしくしがみついているように思えた。

ヘレンは、たとえ彼がこの場所をよく知らないとしても、ここにいることをどう感じているのか訊《き》いてみたかった。

　窓の外をうっとりと眺めるヘレンを見て、ガブリエルは幸福感に包まれた。

　彼は長い間、契約を締結してこれほど喜びを感じたことはなかった。両親から受け継いだ財産とは別に、自分の財産を築くために事業を拡大できたことを嬉しく思っていた。そのかたわら、アルトゥリオに心を開き、存在すら知らなかった家族と認めるのは、ガブリエルにとって冒険にも等しかった。

　この件について、彼の秘書は最初からガブリエルと行動をともにしていた。彼はヘレンに聞き上手だと言ったが、それは本心だった。ふたりがベッドをともにする前のことを振り返ってみると、彼女と話しているといつもリラックスできた。彼女は要求しなかった。口うるさくもなかった。だから、秘密を打ち明けた。それは、彼が気づかないうちに起こった取引のようなものだった。

この短い滞在の間に訪れるさまざまな場所はもちろんのこと、今回ばかりは自分で選んだ豪華なホテルで彼女が喜ぶ顔を見るのを彼は楽しみにしていた。ヘレンはいままで、どんな場所を見てきたのだろう。彼女の父親は過保護だったが、きっと旅行くらいはしたことがあるはずだ。

「婚約破棄にはなったが、ハネムーンはどこに行くつもりだったんだ？」ガブリエルが好奇心とともに訊ねると、景色を見ていたヘレンがこちらを向いた。

「どこにも行く予定はなかったわ」

ガブリエルは驚いて眉を上げた。「それは普通のことなのか？　若い夫婦はみんな、ハネムーンの行き先について綿密な計画を立てるものだと思っていた。経済的な心配を捨てて旅をする、唯一の機会じゃないか」

ヘレンの頬は一気に熱くなり、ため息が出た。

「いずれ家を買うために、お金を取っておくほうが賢明だと思ったの」まさにそう決めたときにこそ、警鐘が鳴るべきだったのだ。彼女はまつ毛の下から、ガブリエルを見て、深い人間関係に興味がない割に、彼は感情的な面での洞察力があると思った。

「わたしたちはふたりとも分別があり、海外に二週間行って太陽の下で過ごすために貯金を浪費するより、家を買うほうが理にかなっていると考えていた。父は結婚式の費用を負担してくれることになっていたけど、ジョージの両親は経済的に恵まれていなかったし」

「すべてが崩れ去ったとき、きみはとても傷ついただろうね」

「わたしはそれに対処できたわ」

「いつものように冷静に？　最後まで分別があったのか？」

「あなたが考えているほどわたしに分別があったら、ここにはいないわね」

「きみがそうしてくれて嬉しいよ」ガブリエルは微笑んだ。

「ハネムーンといえば……」ヘレンはためらうように口を開いた。「あなたはいままで、一度たりとも結婚したいと思ったことはないの？」

「興味深い質問だ」

「答えてくれるつもりはない？」

「きみ以上に、ぼくのことを知っている人はいないじゃないか」

「あなたって、どうしようもない人ね」

「だからぼくをセクシーだと思うのか？」

「どうしようもないだけじゃなく、うぬぼれも強いのね」

ヘレンは突然、ガブリエルに触れてほしいという強い欲求に駆られ、彼の膝の上に飛び乗り、彼の望むままにしてほしいと懇願しないようにするのに苦労した。幸いにも運転席との間の仕切りが下りていたため運転手に声を聞かれることはないだろうが、欲望に駆られた彼女の顔はバックミラー越しに見えてしまうだろう。

「きみが本当に知りたいことは？」ガブリエルが彼女を見つめた。

どういうわけか、ふたりの距離が縮まった気がする。彼が近づいてきたのだろうか。それとも、自分から彼の近くに移動したのか。もしくは、ふたりが無意識に移動したのかもしれない。

「なぜあなたのような人が結婚していないの？」

「ぼくのような男は、結婚することにまったく興味がないからだ」

ガブリエルはヘレンの膝丈のスカートの下に手を

滑りこませ、太腿をなぞり、そして彼女の顔を見つめたまま、下着の湿った部分に指で触れた。

「あなたはセックスのことばかり考えすぎよ」ヘレンが息を荒らげて何度もまばたきをすると、ガブリエルは息をひそめて笑った。

「きみはぼくにやめてほしいと言っているのか？」

「だって、こんな場所で適切じゃないわ……」

「しゃべりすぎだ。これが終わったら、すぐに退屈なハネムーンの話に戻れるよ」

　ガブリエルはヘレンの下着の股の部分を片側に押しやり、濡《ぬ》れた部分に直接触れた。そして、彼女が少し身をよじってそれを受け入れると、指を奥深くまで挿入した。

　車窓の外側では、さまざまな色合いの緑の渦、起伏のある丘や山、曲がりくねった道、人々が行き交う村や町など、景色が次々と過ぎ去っていった。けれど、どれもはるかに魅惑的な光景である女性の背景として、単なるぼんやりとしたものとしか映らなかった。

　ヘレンは目を閉じ、唇を開き、艶《あで》やかな髪を振り乱している。頬が上気し、荒い呼吸は、まるで声に出してうめきたいのにできない人のもののようだった。ガブリエルは、彼女をずっと見ていることができると思った。

　彼はヘレンのつぼみを見つけて撫《な》で、彼女がほんの少しでもうめくと、自分も声を出しそうになった。やがて、彼女はオーガズムに向かって痙攣《けいれん》し、制御できないほど体を反り返らせた。

　窓はスモークガラスになっていたが、それでも車の後部座席に降り注ぐ陽光の明るさは想像を絶するものだった。彼は一瞬、この情熱の瞬間を頭のなかに永遠に閉じこめておきたいと願った。

「いまの気分はどうだ？」ガブリエルは震えるよう

なハスキーボイスでつぶやいた。彼女の両脚の間から手を離した彼は、乱れたスカートを整えた。

ヘレンは直立に近いほど姿勢を正した。こんな場所でのこんな行為は初めてだったが、この男性とは、これまでに経験のないことをたくさんした。そして、すべての経験は、野性的で、柔らかく、力強く、優しいものだった。

彼女は瞠目《どうもく》して彼を見つめ、すぐに目を逸《そ》らした。心臓は激しく鼓動し、おさまりそうにない。

なぜこのような事態に陥ってしまったのか。ガブリエルは少しずつ、けれど破滅的なほど重大な方法で、彼女を蝕《むしば》んでいった。そしてもちろん、それに気づかないわけがなかった。彼に対する感情が芽生えているのはわかっていたが、その感情をコントロールするのは簡単だと思っていた。実際にその感情に名前をつけなければ、それを愛と呼ばなければ、たとえ自分が深みにはまりそうになっても、まだコントロールできていると自分に言い聞かせることだってできていた。

ヘレンは自分をごまかそうとうまくやってきた。

ガブリエルに触れられると炎に包まれた。微笑みかけられて心臓は飛び跳ねるし、見つめられただけで気を失いそうになった。それに、彼が話すと、もっと話してほしい、聞きたい台詞《せりふ》を言ってほしいと切望した——そう、彼も彼女に好意を抱いているのだという台詞を。ヘレンにとって、これは予想もしなかった状況によって突然起こった、単なる遊びの関係以上のものに感じられた。

彼女は決して危険をおかしてはならないと育てられ、その教えに守られていると感じていたが、それがどれほど自分を無防備にしていたかに気づいていなかった。ガブリエルのような男性に対しては、すっかり無防備だった。彼は、近づくことなど想像もできなかったような人物だったのだ。

　彼を愛してしまったことにパニックに陥りながら、どうしたらいいのかわからなかった。

　自分の思考のなかから浮上したとき、これから数日間を過ごす予定の小さな町に近づいたことを知った。ジェノヴァではなく、その近くにある絵のように美しい小さな町のひとつで、そこを拠点にジェノヴァやその周辺を探索するのだ。

「何も問題ないか？」

「ええ、もちろん」ガブリエルの自信に満ちた楽しそうな笑顔にヘレンも笑顔で応えたが、しゃがれ声になってしまった。

「気分が悪いのか？」

「なんですって？」ガブリエルはどこまでも沈んでいくような深く暗い色の目をしていると、彼を見つめ返しながら思った。その瞳に人々は溺れてしまうのかもしれない。ヘレンもそうなったように。彼女や他の何百万人もがそうなってしまったように。

「車酔いをする人だっているだろう？」

「ええ、そうよね」ヘレンはその言い訳に、溺れかけている人が流木にしがみつくような執念でしがみついた。

「きっと、ぼくたちのちょっとした行動のせいで、きみは酔ってしまったのかもしれないな。よくなかったか？」

　彼に貪欲そうな笑みを向けられて、ヘレンはその笑顔だけで身震いしてしまいそうで、急いでこの界隈《かいわい》についての質問をはじめた。しだいに落ち着いてくると、彼に見つめられていないときだけは、自分の考えを整理することができるようになった。

　いったい自分はどうするつもりだったのだろう。どうして彼の影響を受けないと思いこんでいたのかわからない。感情的な執着の警告サインに気づきながら、自分の心を守るための安全策を講じなかったのはなぜなのか。

自分が彼に心を開いたときのことを、ヘレンは思い出した。ロケットのような速度で一気に心を開いてしまった。実在しない関係をうまくやり遂げるために少しだけ打ち明け、そしてさらに少し打ち明けて――そして、いま？　いまは彼女のあらゆる部分が開かれ、殻を脱いだカタツムリのような無力さを感じている。

それに対して、ガブリエルは？　そう、彼もいろいろなものを分かち合ってくれた。けれど、彼女が与えたほどのものを与えてくれてはいない。

ヘレンがここにいるのはあと数日で、その後はロンドンに戻ることになる。それからどうなるのだろう。ガブリエルに自分の気持ちを知られていないのは幸運だった。ヘレンはいつも冷静で動じない秘書であり、この取り決めで彼女の人柄が変わったとは思われていないだろう。解雇を必要とするような波風など立てていないはずだ。

ヘレンには、フィフィのように将来を暗示させることを言うつもりはなかった。彼が答えられないような質問をするつもりもないし、自分たちが楽しんでいること以上を望んでいるようなそぶりも見せるつもりはない。

ガブリエルにとっては、ふたりの関係はセックスのためだけでしかない。どんな個人的な秘密をヘレンに話したとしても、彼女はただその秘密を吸収し、彼への気持ちを膨らませていくだけだ。一方、彼女が秘密を打ち明けても、彼には何も芽生えるわけがなかった。

そして、彼との間に残された時間があとわずかなら、なぜそれを楽しんではいけないのだろう。なぜ自分が女性であると感じてはいけないのか。ヘレンは長い間そう感じていなかったし、さらに何日か楽しんだって、これ以上、心の痛みが増すことはない。

何が起ころうと、傷つくのだけは間違いないのだから。

ロンドンに戻ったら、彼女は笑みを浮かべ、別の仕事を探しはじめるだろう。もしかしたら、コーンウォールに戻るかもしれない。好奇心旺盛な質問や眉をひそめるような視線を避けたいなら、故郷に帰るのを言い訳にすればいいのだ。

「ヘレン？」先ほどの問いの答えをうながすように、ガブリエルが片方の眉を上げた。

「わたしたちの〝ちょっとした行動〟のせいで、酔ったわけじゃないの。いつもどおり、とてもよかったって、あなただってわかってるでしょう？」彼女が弱々しく言うと、彼はにやりと笑った。

「心からの褒め言葉には聞こえないな」

「またあなたのうぬぼれ？」ヘレンは冗談というより本心でつぶやき、彼と目を合わせて笑った。

「ぼくに対して、誰もそんなふうに話さない」

「たぶん、それがあなたの問題なんでしょうね」

「一理あるかもしれないな」

ヘレンは思ったことを口にする。たとえ彼が、仕事上での意見の相違で誰かを解雇するような男ではないと周知されていたとしても、みなが遠慮するなか、彼女はいつもためらいなく発言する。ベッドをともにするようになったいまも、ヘレンは彼の顔色をうかがわず、相変わらず自分の意見を言うし、冷静沈着なままだ。

そして、彼がオフィスでは見たことのない深みがヘレンにはあった。彼女は経験したことで傷つき、そこから成長した。彼と同じように、自制心を持つのはいいことだと彼女も学んだのだ。ふたりはそれぞれの背景から、異なる方法で形成されてきた。ヘレンも彼と同じように、人生はつねに一筋縄ではいかないことを知っていた。

ガブリエルは、セピア色の壮大なホテルが目の前に迫ってきたことで、我に返った。入り口に制服を着たポーターが立っているのを見ながら、これは間違いなく、予想外の出来事のなかで、もっともすばらしいもののひとつになると確信した。

彼はこれから四日間、ツアーガイド役を楽しむつもりだ。そして、それ以上のことも楽しむつもりでいた。

ヘレンは髪をとかしながら鏡台の前の椅子に座り、キングサイズのベッドにガブリエルが寝そべっているのを鏡越しに見た。彼の上にかけられたシーツが、彼女を震えるようなオーガズムに誘うために効果的に使った部分を覆い隠していた。

ガブリエルは、ヘレンが動く気力を取り戻したら風呂に入れてあげようと言ったが、彼女は笑いながらたまには自分の時間も必要だと断った。彼女はゆっくりと風呂に漬かっていたときに、ひとつの見せかけが別の見せかけにつながったことを考えた。付き合っているふりをすることは、彼への気持ちがないふりをすることへと変化していったのだ。

今日がここでの最後の夜だ。この数日間はとても重要な日々だった。とくに今日は、ガブリエルの母親が育った大邸宅を見に行ったからだ。そこは何年も前に売却され、外観はそのまま残し、いまは立派なマンションへと生まれ変わっていた。あまりにも広大な邸宅で、ヘレンにはそのような場所に住むことは想像できなかった。

その後、広場の一角で人々を眺めながら濃いコーヒーを飲みつつ、ヘレンはガブリエルに質問をした。彼は警戒心もなく、遠くを見るようにして低く思慮深い声で答えた。

誰かがかつて訪れた国について話すように、彼は自分の過去について話してくれた。一度だけ、彼の声に不思議な響きがあるのを聞いた。それは、冷静沈着な外見の下に、彼でさえ気づいていない感情の底流があるのを示すものだった。

ヘレンは、アルトゥリオとの出会いが彼にとってどれほど大きな出来事であったかを知っていた。彼が力強く、難攻不落な人物である反面、傷つきやすく、感動的なほど人間らしいということもわかるようになったのだ。

「きみが何を考えているか教えてくれるなら、一ペンス払うよ」

「え？」昼間の出来事を思い返していたヘレンは、はっと我に返った。

「一ペンスが不満なら、一ポンドとか？」

ヘレンは笑い、彼と向き合うように椅子を回転させた。

「きみが何を考えていたのか教えてくれ。とても考えこんでいるように見えた」

「明日はもう帰国で、今夜がここでの最後の夜になると思っていたの」

「ジェノヴァを満喫できたか？」

ガブリエルの声は軽やかだったが、ヘレンはその声にごくわずかな変化があるのを感じた。それはほとんど気づかないほどささいなものだったが、彼女は彼のことをよく知っていた。彼が、彼女の発言のあとに何が続くのかを待っているのだとわかるほどには。

ガブリエルはいつも、しつこい女性、彼を縛りつける女性、彼が我慢できる以上のことをしようとする女性を警戒するタイプだった。たとえ相手が、彼と同じように感情的なかかわりから距離を置いているヘレンでも、自分が定めたルールに彼女が従うかどうかを信用するのは別問題だろう。

ヘレンは一瞬、自分の気持ちを正直に告げたら彼はどうするだろうと考えた。どんな反応をするだろうか。愕然《がくぜん》とし、ふたりの間で理解していたと思っていたことを裏切られたと受け止めるかもしれない。彼の表情がどう変わるか、彼がどう後ずさりするか、彼女に対してどう落胆するかを考えるだけで気分が悪くなった。

そんなことは絶対にありえない。彼女はいつも、彼の前で顔を紅潮させることなく、つねに冷静沈着でいるのを心がけていた。

「ええ、とても満喫したわ」ヘレンは普通の声で答えることができた。彼女は優雅に椅子から立ち上がり、クローゼットに向かった。そして、胸元が大胆にカットされたブルーグレーの柔らかなシルクのドレスを取り出した。とてもエレガントで、高価なものだった。

下着姿のヘレンがそのドレスを頭からかぶると、彼の強い視線を感じた。

「ジェノヴァは本当に美しいところね、ガブリエル。きっと、ここで成長しながらもっと長い時間を過ごせたらよかったのにと思う気持ちが、あなたのなかにはあるはずだわ」

「いまさら願っても、叶《かな》うことではないが……」彼はにやりと笑った。「ところで、さっき何を考えていたのか、きみは正直に答えていないね」

「ただ、ロンドンに戻ったら、片づけなければならないたくさんの仕事が待っていると考えていただけよ」

「きみはそれを心待ちにしている？」

「仕事の遅れを取り戻すことを？」ヘレンは顔をしかめながら、片方の手でサンダルをすくい上げ、椅子に座って履きはじめた。ストラップが細くて、履くのに手こずった。「溜《た》まった仕事を片づけるのを心待ちにする人なんていないわ」

「きみはいままで、大量の仕事を難なくこなしてきたじゃないか」

「確かにそのとおりね」たとえそれが週末を犠牲にしたとしても、彼女は大量の仕事に疑問を抱くことはなかった。「実は、帰国したら一週間休みを取って、父に会いに行こうと思っているの。もちろん、急ぎの仕事があれば、行く前に片づけておくわ」

ストラップをいじっていたヘレンがちらりと顔を上げると、ガブリエルが考えこむような表情で彼女を見つめていた。

彼女が何を考えていたのかガブリエルは訊ねたが、彼はいま何を考えているのだろう。通常の生活が再開したら、どのような日常に戻るかについてスピーチでもするつもりだろうか。この関係は一時的なもので、ロンドンに戻ってもそれが続くとは思わないようにと、念を押そうとしているのかもしれない。

「ロンドンに戻ったら終わりにしなければならないのは間違いないけれど、あなたのオフィスで顔を合わせる前に、わたしたちには会わない時間が少し必要かもしれない。そう思わない？」ヘレンは真剣な顔で切り出した。

ガブリエルはしばらく何も言わなかった。彼女は正しいことを言ったが、ともにベッドに入れば、そんな常識は一瞬でどこかに行ってしまうと思うと、彼は興奮するのを感じた。

「ヘレン、これからぼくが言うことは、きみにショックを与えるかもしれない」

ある意味、彼にとってもショックなことだ。しかし、状況は変わった。フィフィが、彼が与えられる以上のものを要求し、叶わないとわかった途端に癇《かん》癪《しゃく》を起こして逃げ出したこと。そのことで、彼は自分の将来について真剣に考えるようになった。フィフィのおかげで、自分の選択についてじっくりと向き合わされたのだ。そして、そこにヘレンが現れた。フィフィがヒステリックであったのと比べ、へレンは有能かつ冷静で、癒やしすら与えてくれる。彼女は、ともに過ごすうちに、抗いがたいほどセクシーになっていった。

　そこにアルトゥリオが加わり、これまで一度も考えなかった家族生活のビジョンが浮かんだ。さらに、このジェノヴァ訪問で、自分が逃してきた家族との絆を切望するようになった。

　そして、彼のなかで静かに革命が起こりはじめた。

　ガブリエルはベッドから抜け出した。自分の裸を恥じることはなかったが、周囲を見回してボクサーパンツを拾い上げて穿《は》き、ヘレンに近づいていくと、手近にある椅子を引き寄せて彼女のそばに腰を下ろした。

「いったいどうしたの？」

「きみに結婚を申しこむ」

9

　ヘレンは言葉を失ったままガブリエルを見つめた。たったいま求婚されたみたいだが、聞き間違えたのだろうか。

　彼女は自分の心がゆっくりと、着実に高揚していくのを感じた。ガブリエルにすっかり心を奪われていた。最初はありえない、ほとんど認識できない恋心からはじまったものが、超音速で、深く、力強く、圧倒的なものへと成長したのだ。振り返ってみると、もうずっと自分のなかで愛情が育まれていたのだが、状況の変化によって、抑えこんでいたものに息づく余地が生まれたのだろう。

　ガブリエルも同じなのだろうか。彼はさまざまな女性と付き合ってきたが、知らず知らずのうちに彼女に惹《ひ》かれ、その気持ちが表面化したのだろうか。

「もう一度言ってくれる？」彼から目を離さず、ヘレンはようやくそれだけを口にした。

「誰かにプロポーズするなんて考えたこともなかったよ」ガブリエルはゆっくりと言った。彼は数秒間、遠くを見つめたあと、ふたたび彼女に目を向けた。

「なぜなら、ぼくの両親は……」彼は首を横に振り、残念そうに歪《ゆが》んだ笑みを浮かべた。「以前きみに話したことからもわかるように、子育てにおいて責任のある親の見本ではなかった。だから、自分が結婚するなんて想像したこともなかったんだ」

「あなたが子どものころに寄宿学校に入れられたことは知っているわ」ヘレンは優しく言った。「あなたのご両親がどちらもひとりっ子で、あなたと同じように幼いころに寄宿学校に入れられたのなら、彼らには責任ある子育ての手本がなかったのかもしれないわね」

ガブリエルは肩をすくめた。

ヘレンは自分のすぐそばに座り、真剣なまなざしでこちらを見つめる男性以上に、残りの人生を一緒に過ごしたい相手を思い浮かべることができなかった。そんな考えはおかしいはずなのに、正しいことのように思えた。

「お互いしか目に入らないような破滅的な愛の結末は、ぼくが見てきたことだ。だから、誰に対してもそんな感情は抱きたくない」

「そう」

「そのせいで、誰かにプロポーズし、子どもを持つなんて考えたこともなかった。けれど、ヘレン、きみと一緒なら、うまくいきそうな気がするんだ」

「うまくいきそう？」

ガブリエルのスピーチに、ヘレンは少し不安を感じはじめていた。

「オフィスでのぼくたちの関係はいつも良好だった。その関係が別のものに発展すると、さまざまな点で相性がいいとわかった。そう思わないか？」

「セックスの相性は確かにいいわね」

「きみの控えめな表現に慣れてきたような気がするよ」ガブリエルはにやりと笑った。「きみと一緒にいることで、うんざりさせられる女性たちとは別の選択肢があるとわかったんだ。こんなことを言いたくはないが、いままでのガールフレンドたちは、すべて使い捨てみたいなものだったからね。正直に言うと、フィフィが気づかせてくれた。彼女が結婚まで望んでいたなんて信じられない。あまりにもばかげた考えだ。でも、きみとの結婚を考えても、ばかげたこととは思えない。きみは、ぼくが埋める必要があると理解していなかったギャップを埋めてくれた。相性のよさ、真の友情、それに、感情の高まりを求めないことを」

「使い捨てですって？」

「なぜなら、彼女たちとの関係が終わってもぼくは誰ひとりとして恋しく思わなかったし、すぐに新たな女性と付き合うことについても疑問に思わなかったからね。そういう生き方は、ひとりの女性に固執し、結婚という道を歩むこと以外の唯一の選択肢だといつも思っていた」

「いままでのあなたは、愛するにふさわしい女性が見つからなかったというだけじゃないの？」

「愛というものは、ぼくにとって理解しがたいものなんだ」ガブリエルは正直に言った。「きみとぼくとの間にこの何かが生まれるまでは、ふたりの人間の間に道が通じていることを理解できていなかった」

「ふたりの人間の間に道が通じている？」なんだか頭がくらくらする。混乱しながらも、ヘレンは笑顔を保った。彼の美しい口元を手でふさいでしまいたかったが、彼の言葉を聞かなければならないこともわかっていた。

「ぼくは、きみといても心が乱れることはない。つまり、ぼくたちは似ているんだ。きみはヒステリーを起こさない。それに、ぼくをあるがままの男として受け止め、ぼくが決してなれない男に変えようとはしない」彼の声は低く、説得力があり、思慮深くすら感じられる。「だからこそ、きみとの人生が想像できるんだ。ぼくたちは、疑問の余地もなく、互いに補い合えるだろう」

「つまり、わたしたちが結婚しても、それはビジネス上の取り決めのようなものなの？　すべての条件を満たし、理にかなっているという理由から」

「それは、ぼくたちの体の相性を考えると、ずいぶんあっさりした言い方だな」ガブリエルの声が低く響き、ふたりの間にある性的な緊張感が高まった。

ヘレンは一瞬にして、ガブリエルの思考がどこからきたのかわかった。彼は両親に傷つけられた。愛が人に何をもたらすか、愛がどのように人を蝕《むしば》み、支配し、互い以外の人間すべてを排除してしまうかの例として両親を見るようになった。そんな印象が植えつけられたのはまだ幼かったころで、しだいに紛れもない事実となって彼のなかに定着したのだ。

ある意味、ヘレンだって似たようなものだ。彼女は、安全が最優先であるという考えを自分自身に植えつけた。それは、非常に過保護な父親から教えられた教訓だったからだ。そして、仕事と生活のためにロンドンに来て初めて、別の現実が姿を現した。

ガブリエルは、仕事中心の無感情な世界のなかで人生を送るかたわら、女性と付き合うのはほんの暇つぶし程度に思ってきたのだろう。彼はどの女性に対しても執着はせず、いつも長続きせずに終わりを迎えていた。長い間、彼のそばで働いてきたヘレンは、とっくにそのパターンに気づいていた。

フィフィの件で、ガブリエルのなかで何かが変わったのだろうか。フィフィに将来を望まれ、彼はそれを即座に撥《は》ねつけたが、おそらくそれが、自分はもう若くはない、そろそろ落ち着くべきだと、彼に気づかせたのかもしれない。

そしてもちろん、自分を受け入れてくれるアルトゥリオという家族の存在のおかげで、ガブリエルは結婚や家族とのつながりについて、自分の両親とは違う側面を見ることができた。

他者を拒絶するような破滅的な愛とは別の道を見つけたガブリエルの前にいたのが、ヘレンだった。彼女は彼の有能な秘書で、彼に与えられないものを要求もせず、つねに冷静だ。それに、いまや彼とベッドをともにし、セックスの相性もすばらしい。彼にとっては、まさに条件に合う存在なのだろう。

物事を複雑にする愛情さえふたりの間に存在しなければ、彼にとって、彼女が理にかなった結婚相手に思えたのも当然なのかもしれない。

けれど、自分はどう思っているのだろうとヘレンは考えた。彼女がいましていること、つまり、ここにいる間、ガブリエルと性的関係を持つこと自体が苦しくてたまらなかった。なぜなら、彼を愛してしまったからだ。ロンドンに戻ったら、別の仕事を探しはじめなければならないとわかっていた。オフィスで彼と顔を合わせることを考えるだけでも心が苦しくなってしまうのに、どうして愛情を向けてくれない相手とともにいられるだろう。

だからこそ、彼が与えられる以上のものを望みながらも本当の気持ちを隠すような生活など、ヘレンには考えられなかった。

「ガブリエル、あなたの妻の役割を果たせる女性は、他にもたくさんいるはずよ」少し強めの口調でヘレンは言った。

「感情的にならないでくれ」彼が顔をしかめた。

「あなたが望むのは便宜的な結婚ではなく、感情など必要ない結婚ということなのね」

「いや、感情が必要ないわけじゃない……」彼はゆっくりと微笑《ほほえ》み、彼女の頬を撫《な》でようと手を伸ばした。「それは保証できる」

「セックスは感情じゃないのよ、ガブリエル」

「セックスだけではないと、きみもいずれ納得できるはずだ。ぼくたちは互いに尊敬し合っているし、うまくやっているじゃないか。きっとそれは、結婚しても変わらない」

「申し出には感謝するけれど、お断りするわ」

「なんだって？」

「あなたと結婚したくないの」

「どうして？　本心から言っているのか？」彼は当惑しているようだ。

「本心でなければ、言わないわ」

「断る理由を説明してくれ」

「なぜなら、わたしは愛がどんなものかを知っているし、もう一度愛を見つけるチャンスを犠牲にしたくなんてないからよ」ヘレンはきっぱりと返した。

彼女はガブリエルから目を逸《そ》らした。彼の暗い色の瞳が自分に注がれているのを無視したほうが、落ち着いていられるからだ。「わたしは情熱的な愛情が欲しいのよ、ガブリエル。わたしたちのセックスは最高だし、あなたはわたしを尊重してくれる。それはとてもいいことだけど、もっと別のものが欲しいの。結婚する男性が、わたしなしでは生きていけないような人になりたいの。絆《きずな》を強めるすべてのいいことも悪いことも、嵐のような言い争いだって、全部欲しくてたまらない。それに、一緒に子どもを持つ計画をする興奮も欲しい。セックスとはまったく関係のない情熱だって欲しいの」

「そんな関係をぼくと築くのは無理だ」

「ええ、そうね」

ガブリエルは微笑んだ。「なるほどね」

〝なるほどね〟ですって？　彼のプロポーズを彼女は断った。その返事としてはどうなのだろう。もっとも、それ以外の返答も想像できないが。ロンドンに戻ったあと、ヘレンが本気で関係を終わらせるつもりなのかを彼が疑問に思っていたとしても、これで疑いは消え去っただろう。

ガブリエルは自分にどんな価値があるかを知っている。彼はとてつもない金持ちで、罪深いほどハンサムなうえに、すべてにおいて魅力的だ。もし彼が女性と落ち着くことに何か利点があるかもしれないと判断したなら、単にヘレンは自分に都合のいい相手だという結論を導きだしただけに違いない。結局のところ、彼は異性に関しては、自分の望むものを手に入れることに慣れきっているのだから。

しかし、ガブリエルがなんのためらいもなくヘレンの断りの言葉を受け入れたのには、少し傷ついた。そして、彼は次のガールフレンドを結婚相手の候補にするのだろうかと考えた。結婚が今後の人生において有利なものであり、愛情なしに実現可能だと考えはじめたいま、彼の交際のパターンは変わるのだろうか。簡単に別れられる女性を選ぶという気軽な行為をやめ、愛情を求めることなく付き合ってくれる女性を求めるようになるのかもしれない。

結婚すれば、いずれは子どもも生まれる。アルトゥリオや親戚たちとの交流を通して、ガブリエルは家族生活にはいい面もあることや、財産を築いてもそれを使う相手がいなければ意味がないことを知った。

ヘレンは、このまま彼の下で働きつづけ、彼が誰かと真剣に交際するのを見る可能性を考え、不安を覚えた。

「いまの話は忘れて、ここでの残りの時間を楽しみましょう」ヘレンは無理に微笑みながらも、内心では動揺していた。

「ああ、そうしよう」彼の声は歯切れが悪いものだった。「夕食を食べたら、少し仕事をしようと思っているんだ。仕事をサボるのにも、限界があるからね」

ヘレンに拒絶されて動揺するのは愚かなことだと、ガブリエルにはわかっていた。いままで女性に拒絶されたことはなかったが、誰かにプロポーズしたこともなかった。

結婚。突然、ヘレンにプロポーズするのが正しいと感じられた。アルトゥリオとイザベラのおかげで、ガブリエルは最高の家庭生活を目の当たりにした。そして、たとえ恋愛というビジネスを完全に受け入れることができなかったとしても、たとえ人生の教訓があまりにも深く心のなかに根づいていたとしても、億万長者として何も残さずに死ぬことがいかに無意味であるかを悟ったのだ。

彼は現実的な観点からアプローチし、彼と同様、ヘレンも冷静で現実的であったため、自分の提案が受け入れられると思いこんでいた。

他の女性たちなら、自分の指に彼からの指輪を嵌《は》めるため、そしてそれに伴う莫大《ばくだい》な利益を得るために必死になっただろう。しかし、ヘレンは他の女性たちとは違うと気づき、彼は恥ずかしくなった。

彼女の拒絶を受け流しはしたが、今夜、ベッドをともにする気にはなれなかった。

ガブリエルがほとんど味わえなかった豪華なディナーのときにも、ヘレンがまったく普通に振る舞っていたことが彼の神経を逆撫でした。彼女は笑顔でイタリアでの思い出を楽しそうに話し、それが終わると仕事について話題にした。

彼女が何を考えているのか、彼にはまったくわからなかった。

イタリアからの帰路、機内ではほとんど無言のままロンドンに戻ったガブリエルは、ヘレンが父親に会いに行くために数日間休暇を取ったから、代わりの秘書と数日間を過ごすことになった。デスクに座っていてもあまり集中できず、彼女がオフィスのドアを開けるのを心待ちにした。そして、自分がいかに彼女の存在に馴染《なじ》んでいたのかに気がついた。

すべてが過去のこととなったいま、彼女が戻ってくるのは奇妙な感じがするが、物事はすぐに元どおりになるだろう。そのことに、彼はなんの疑いも持っていなかった。

床から天井まであるガラス窓に背を向けて、ガブリエルは椅子にゆったりと腰を下ろした。ドアをノックする音が聞こえても立ち上がらず、腕組みをした。

見慣れた服装が彼の心を温かくした。ヘレンはイタリアでの短い休暇中に放置していたオフィスの服装に戻っていた。ネイビーのスカート、白いブラウス、フラットシューズ、そして彼の予想では、オフィスの外側のフックにジャケットをかけてあるだろう。

髪は後ろでひとつに結ばれ、日焼けした肌の輝きは消えかかっていた。数秒間、彼は何も言えなかったが、いざ話すと、彼女に期待されているだろうことを口にしていた。

「ターナーとの取引についての報告、ありがとう」彼は椅子の背に深くもたれ、両手を頭の後ろで組みながら、ゆっくりとした口調で言った。「仕事の問題で、休暇を中断する必要はなかったのに」

彼はちらりとパソコンを見てから、彼女に目を向けた。苛立《いらだ》たしいことに、イタリアでの記憶と仕事上の常識がまざり合い、彼は思考が混乱するのを防がなければならなかった。

ガブリエルは自分の弱さに苛立ち、ヘレンから目を逸らして画面上の列と数字を見つめると、彼女がいつものように彼の机の向かいの椅子に滑りこむのに気がついた。

ヘレンはこの事態を覚悟していた。

自分はいったい何を期待していたのだろう。父親に会うための休暇のおかげで緊張が少し和らいでいたものの、いずれにせよ、この事態を乗り越え、終わらせなければならなかった。

ヘレンは、ガブリエルがほとんどこちらを見ないことに気づいていた。彼はすでにふたりの関係について乗り越えていて、彼女は驚くべきことではないと知っていた。なぜなら、彼にとってはそれが普通だからだ。ヘレンとフィフィたちは扱いが違うかもしれないが、だからといって、プロポーズの有無にかかわらず、他のガールフレンドたちと異なり、使い捨てではないということにはならない。

そうわかってはいるものの、彼を見るだけで鼓動は速くなり、甘い記憶に屈したくなった。彼女はバッグから封筒を取り出すと、机の向こうにいる彼に渡した。

「これはなんだ？」

「読んでちょうだい」

ヘレンは彼に、旅先でのことを過去にできないなら辞表を提出すると伝えていた。そして、いまや仕事上の関係を取り戻すことは不可能としか思えなくなった。コーンウォールにいる間、彼女はただひたすら考えつづけた。

このまま彼のために働きつづけることもできるだろうが、毎日彼と会い、ふたりの間に起こったことを思い出し、彼の機知、魅力、それにすばらしいカリスマ性に触れても心が壊れてしまうことはないだろうと自分を欺くのは無意味だった。

彼のもとを離れなければならない。彼との思い出に左右されることなく、自分の人生を切り開いていかなければならない。ヘレンは悲しみと幻滅に埋もれたくなかった。どんなに暗い状況でも、人生にはプラスになることがある。そして、彼は本当に生きているとはどういうことか、彼女に教えてくれたのだと考えなければならない。たとえ物事がうまくいかなかったとしても、それ自体が祝福なのだ。

ヘレンは休暇中にそう自分に言い聞かせながら、憂うつな気分から彼女を引っ張り出してくれる唯一の友人に電話し、ロンドンに戻ったら会う約束をした。

ふたりの目が合うと、彼はゆっくりと封筒から手紙を取り出し、そこに書かれていることを読んだ。

「だめだ」

「何が？」

「きみの辞表は受理できない」

「あなたはわたしの辞表を拒否できない」

「こんなはずじゃなかったんだ」

「物事は予定どおりにはいかないわ」彼女は反抗的な目で、数秒間彼を見つめた。「休暇中に、いろいろ考えたの。わたしたちの間に起こったことを考えると、これ以上あなたと一緒に仕事をするのは無理だという結論に達したわ」

「どうしてだ」ガブリエルは椅子から立ち上がると窓辺に行き、窓ガラスに寄りかかった。背後から差しこむ太陽に照らされた彼は、堂々として見えた。

「理由を教えてくれ」

「わたしたちは、仕事上の関係に影響を及ぼさないという理解のもとで同意したはずよ。それに、わたしはあなたほど無感情ではいられないの、ガブリエル」

「何が言いたい？」ガブリエルの暗い色の瞳が、ヘレンを見つめた。

彼女は深く息を吸いこみ、その揺るぎないまなざしを冷静に受け止めた。彼女は、彼に口づけされたときのことや触れられたときのことを思い出して全身が震えそうになった。

「きみが言おうとしているのは……」

「わたしが言いたいのは、あなたと毎日一緒に仕事をする必要がなければ、わたしの人生はもっと楽になるということよ。過去のことは忘れましょう。居心地が悪くて気まずいし、それを避けることはできない。いまは売り手市場で、それほど苦労せずに仕事を見つけることができると思うの。ただし、あなたからいい推薦状がもらえればだけど」

「ぼくをなんだと思ってるんだ、ヘレン。ぼくを捨てる代償をきみに払わせるような腹黒い人間だとでもいうのか？　ぼくたちは、互いのことをよく知っているつもりだったんだが」

ヘレンは顔を赤らめた。「わたしはあなたを捨ててないわ、ガブリエル」

「いや、それこそきみがしていることだ」彼は肩をすくめた。「きみが辞職したいなら、すればいい。きみにふさわしい推薦状を用意するよ」

「ありがとう……」ヘレンにとって、取り乱さずに去ることはとても重要だと感じた。「たぶんわたしは、そろそろボーイフレンドを探すべきだと思うの」

「ボーイフレンド？」

「ええ、そうよ、ガブリエル」

「インターネットには、負け犬や、か弱い女性を狙う男たちがたくさんいる」

「わたしはもう自分で対処できるくらいじゅうぶんに大人よ。それに……」

「それに？」

「それに……」ヘレンは自分を守るために、ガブリエルに失恋して去っていくガールフレンドたちのひとりとは違うと思ってもらいたい。もちろん、口に出しては言わないけれど。「それに、他にも人と出会う場所はあるわ。わたしの友人のルーシーはとても楽しい人で、ふたりで夜遊びを計画しているの。ずっと前から計画していたのよ」それは嘘《うそ》ではなかった。漠然とした計画は立てられていた。しかし、それを声に出して言うと、決意が固まったように感じた。好むと好まざるとにかかわらず、前進する未来は光の速さでかたちになりつつあった。

「夜遊び？　どこに行くんだ？」

ガブリエルの声には、驚きがにじんでいた。いま言ったことの何がそんなにショックだったのだろうと、ヘレンは考えた。

彼は、ヘレンが外の大きな悪い世界に立ち向かうことができないとでも思ったのだろうか。もしかしたら、彼女をよく知っているだけに、適当なパートナーを探しに出かけるなんて手に負えないことだと思ったのかもしれない。まあ、それも一理あるが。

「バーかパブ、それともクラブかしら？」そんなところに行くなど、考えただけでも緊張する。

「バーにパブ、それにクラブだって？」

「そんなにおかしなことかしら？　わたしだってまだ若いのよ。そういうところに行くのはおかしなことじゃないわ」

「しかしきみは、そんな場所に行くタイプではないじゃないか」

「わたしがどんな人間か知らないくせに」

「きみがそういった場所を好まないのは、きみとぼくにはわかっているはずだ」

「ルーシーとわたしがバーやクラブをはしごするからといって、あなたには関係ないでしょう？」ヘレンはこれまでバー巡りをしたことがなかった。パブ巡りもしたことがない。一度だけクラブに行ったときに、真新しいハイヒールのかかとが折れてしまった記憶がある。

　ヘレンがバーやパブを渡り歩き、どんどん酔っぱらっていくのを想像すると、ガブリエルは気分が悪くなった。彼女はほとんど酒を飲まない。彼の頭のなかには、泥酔した男たちに追われる彼女の姿が浮かんでいた。ルーシーという人物は知らないが、たとえその誰かが友人だとしても、ヘレンを道から外すのを喜ぶたぐいの人間にしか思えなかった。

　もちろん、今後ヘレンが何をしようと彼には関係ないことだが、彼女を守りたいという気持ちがあったとしても不思議ではないだろう。彼女は、彼がデートしてきた相手のなかでも、とくに世慣れているわけではないのだから。

「それから」ヘレンはそうつぶやき、自分の指を見下ろした。「わたしには有給休暇がたくさん残っているの。だから、これから退職日まで有休消化をするわ」

「きみはどうかしてる。まるで――」

「まるで？」

「まるでもう二度とぼくには会いたくないみたいだ。それに、ぼくたちが友達ですらないと思っているようだな」ガブリエルは信じられない思いでもらした。

　ヘレンは顔を青ざめさせた。ガブリエルは、彼女が良識に反してベッドをともにしただけの男性ではなかった。友人であり、退職後、二度と会えなくなると考えるのは耐えがたいことだった。

　一瞬、もし彼の無茶なプロポーズを受け入れたらどうなるのだろうと考えたが、傷心を重ねて人生を過ごすのはよくないことだと自分に言い聞かせた。それに、そのプロポーズを受けた直後に彼女はそれを即座に拒否したので、いまさら考え直すのは無意味なことだった。

「そんなことを思ってほしくないわ」彼女は不機嫌

そうに言った。「もちろん、わたしたちは友達よ。もし有休消化せずに退職日まで働くほうがいいならそうするわ」

ガブリエルはあきれたように手を振った。「そんなことはどうでもいい。きみがバーに行きたいなら、邪魔するつもりはない」彼は突然近づいてくると、ヘレンの座る椅子の両側に手を置き、息もできないほどの距離に彼女を閉じこめた。「しかし、きみの友人として、そして信じられないかもしれないがきみを気遣う者として、警告しておこう」

ヘレンは、彼が自分のことを気にかけているという話を聞きたくなかった。それは、彼女が彼に対して抱いている、くるおしいほどの情熱とはかけ離れているからだ。ふたりはベッドをともにしたが、いまはその関係も終わり、彼の心に残っているのは友情だけなのだ。彼女は彼の恩着せがましいアドバイスに耐えるしかなかった。

「どんな警告なの？」

「酒を飲むペースを守り、たとえ相手がどんなに説得力があっても、気軽に電話番号を教えるな」

ヘレンは眉を上げ、苦笑いを浮かべた。「くり返し言うけど、わたしはじゅうぶんに大人なの。だから、この大きくて悪い世界に出ても大丈夫だと思うわ。それに、いちばんの親友であるルーシーと一緒だし」

ガブリエルは顔をしかめた。

「いつ飲みに行くんだ？」

「ガブリエル、わたしがいつ飲みに行くのか、あなたには関係ないでしょう？」そう答えたヘレンの全身がじわじわと熱くなり、呼吸を整えるために彼に離れてほしいと願った。「まだはっきり決めていないのよ。たぶん金曜日？　みんな金曜日の夜に出かけるものだから」

たとえガブリエルに何を言われようが、彼との未来を空想する余裕などなかった。そんなことをすれば前に進めず、彼との過去を考えているうちに年月がゆっくりと過ぎていくのはわかっている。

　個人的な話は打ち切り、今後についての話し合いの結果、ヘレンは今週いっぱいは出社することになった。彼女が不在の間の代役を務めたジュリーに、引き継ぎをしなければならないからだ。

「あとはきみに任せるよ」ガブリエルは自分のデスクに戻った。「今週はロンドンを離れる会議がいくつかあるから、オフィスを不在にすることが多いだろう」

「わかったわ」ヘレンは微笑みながら、個人的な会話を終わらせたくなかった自分がいやになった。彼の言葉が自分に対する庇護《ひご》欲の表れであり、おそらくは独占欲の表れであると考えた自分に腹を立て、ルーシーと出かける夜が人生の新たな章のはじまりだと自分に誓ったことにためらいを感じた。彼女はまだ新たな章を迎える準備ができていないと感じていた。

　ガブリエルは金曜日の夕方六時過ぎにオフィスに戻ってきた。外はまだ暑く、日差しも強い。彼は五時間のミーティングを終えたばかりで、シャツのボタンをふたつほど外しても、全身に不快感が残っていた。それに、通りを行き交う人々の群れが彼の神経を逆撫でした。

　なぜロンドンはいつもこんなに混雑しているのだろう。ジェノヴァやぶどう畑、そして穏やかでゆったりとしたストレスのない生活様式を懐かしく思った。そこでの日々、ふたりは互いに溶け合い、夜は愛し合うことで満たされた。

　なぜヘレンは彼と同じように、この結婚がうまくいくと考えることができなかったのか。ガブリエルは苛立ちのあまり歯を食いしばった。この一週間は地獄のようだった。彼は約束どおりオフィスにあまり姿を見せず、さまざまな会議に出席しながらも、心ここにあらずだった。

ヘレンが恋しくてたまらない。彼女ときちんと向き合えないからこそ、オフィスで過ごすことに耐えられなかった。

いま自分に必要なのは、別の女性なのかもしれない。いつもの行動パターンに戻るべきなのだろうか。しかし、ヘレン以外の女性とデートしたり、連絡を取ったりすることを考えるだけで、気分が悪くなる。

〝あなたが望むのは便宜的な結婚ではなく、感情など必要ない結婚ということなのね〟

彼はヘレンの言葉を思い出した。その言葉の裏に隠された真実に気づかなかった自分は、なんと愚かだったのだろう。つかの間とはいえ、彼は世界中でもっとも大切なものを手に入れたのに、彼女への愛を示すチャンスを逃してしまった。彼は堅牢《けんろう》な塔に閉じこもり、どんなものや人でもその塔に侵入できないと確信していたため、ヘレンが入り口から入ってきたことにも気づけなかった。

いま思えば、彼はこれまで付き合ったどの女性ともまったく違う態度でヘレンと接していた。彼女に話しかけ、心を開き、気づかないうちに弱点をさらけ出していた。ヘレンがそれを知っていたかどうかは別として、自分の心を彼女に託していたのだ。いまさら気づいても遅すぎたが、それに気づいたいまも、不快感はなかった。

ガブリエルは、彼女がデートする相手を探す世界に飛びこんでいくことを考え、その痛みに耐えるために酒を飲みたくなった。そして、周囲の状況もほとんどわからないまま、オフィスが入っているビルから外に出た彼は、視線の先にヘレンの姿を見つけた。

10

ガブリエルの呼吸が速くなった。ヘレンは膝上丈の淡いブルーのワンピースを着て、絹のようなカーディガンを肩にかけ、白いスニーカーを履いていた。一風変わったコーディネートだが、キュートでとてつもなくセクシーだった。彼は立ち止まって、ただ見つめるしかできなかった。

視界の端には小柄でカールしたブロンドの女性がいるのがかろうじてわかったが、彼のまなざしはひたすらヘレンに注がれていた。こちらに気づいた彼女は驚きの表情を見せると、読み取れない表情で彼を見つめ返した。

ヘレンは彼のほうに歩いてきて、礼儀正しくルーシーを紹介してくれた。ブロンドの女性は、ヘレンを遊びに連れ出し、惑わそうとする友人だったのだ。けれど、ルーシーは誰かを惑わすような人物には見えなかった。もっとも、人は外見だけで判断できないが。

「今週はほとんどオフィスにいられなくて悪かった」ガブリエルは切り出した。「任務の引き継ぎについて、メールで知らせてくれてありがとう」

「ええ。でも、ジュリーはサイモンの秘書でもあるから、ずっとあなたの下では働けないと明言しているわ」ヘレンはぎこちない笑みを浮かべた。「わたしが会社を辞めると言ったのを覚えてる？」

「もちろん覚えている」彼は偽りの親しみやすさとともに訊《たず》ねた。「きみたちふたりはどこの店に行くんだ？」

ガブリエルの目はヘレンから離れなかった。彼は、愛し合ったあとの彼女の様子や眠そうな瞳、そのときに頬がいかに紅潮するか、そして、寄り添う体の柔らかなカーブを思い出していた。それに、熱い営みが終わるとすぐにベッドを出る生活を送ってきた彼が、ヘレンの髪を撫《な》でながらシーツのなかでの会話に幸せを感じていたことも。

それらを恋しく思うことの意味を、彼は愚かにも気づかずにいたのだ。

「もし、バーに行く前にディナーをとるなら……」

彼は髪を指でかき上げ、無理に微笑《ほほえ》んだ。「ヘレン、きみはぼくが行く店を知っているよね」

「そうね、知っているわ。あなたとガールフレンドたちのために、何度も手配したから」

「ぼくの名前を使って、行ってくれ。支払いもぼくにつけておいてくれて構わない。きみは長年ぼくのために働いてくれたから、きみのための出費を惜しみたくないんだ。ロブスターにキャビア、シャンパン。金に糸目はつけず、なんでも食べてくれ」

「ありがとう。とても親切な申し出だけど、わたしたちは他のそれほど高価じゃないお店を見つけられるわ。そうよね、ルーシー」

「ええ」

ガブリエルはヘレンから目を離し、隣にいる小さなブロンド女性を見た。彼女からは好奇心が感じられて、彼は顔をしかめた。

「いいお店をいくつか知っているの」

そう言って、ルーシーが笑ったので、ガブリエルの顔はますますしかめられた。

「女性がふたりで遊びに行くには最高の場所よ。ヘレンには、わたしと一緒に出かけて、ふたりで楽しみましょうって言いつづけてきたの」

「ヘレン、それがきみの望みなのか？」彼は無愛想に訊ねた。

「もちろんそうよね、ヘレン？」ルーシーは気さくに言った。「大音量の音楽、わたしたちに飲み物をおごろうと群がってくる男性たち……」

「ええ、ルーシー」ヘレンは冷静なまなざしでこちらを見つめ返した。

「そうか」自分はなぜ、わざわざ気にしないふりをしているのだろう。気にしているというのに。いや、気にしているどころではない。もしここでヘレンとばったり出会わなかったら、ガブリエルは彼女を捜しだし、話がしたいと懇願していただろう。

彼女は情熱的な愛情が欲しいと言った。ふたりの絆《きずな》を強めるすべてのいいことも悪いことも、欲しいのだと。それらはすべて、彼が結婚を申しこんだ際に、取り除いてしまったものだ。

そろそろ自分は、堅牢《けんろう》な塔から出ていくときがきたのかもしれない。

「ガブリエル、わたしとルーシーはもう行くわね」

「ヘレン、少し話せないか？」

「もう話したでしょう？」

「お願いだ」ブロンド女性の柔らかな笑い声を聞いたが、ガブリエルは苛立《いらだ》たなかった。なぜなら、彼が気にするのはもうひとりの女性だけだからだ。

ヘレンはためらった。ガブリエルは決して懇願しない男性だし、そんなことをする性格でもなかった。しかし、彼の声には彼女の呼吸を止めるような懇願の響きがあった。

それにしても、このあとガブリエルはどこかへ行くのだろうか。彼は金曜の夜は家にいるタイプではない。けれど、とても疲れているように見え、どこかに行くようには思えなかった。

ルーシーが、店はどこにも行かないから少しくらい話せばいいと言ったが、その声はからかうようなものに感じられた。

「ばかを言わないで」ヘレンは弱々しく返した。

なぜ彼は、あれほどやつれているように見えるのだろう。それとも、単なる想像にすぎないのだろうか。彼女は、いつもの自信にあふれた彼の姿を思い出した。そして、いまの彼は、とても人間的で、傷つきやすく、かわいくさえ見える。

次にヘレンがちらりと横を見たとき、ちょうど友人が手を振りながら後ずさりをしているところだった。それに、こちらに向かって――ウインクをした？

ヘレンとふたりきりになって、ガブリエルは慣れない緊張を感じた。

「ルーシーを追いかけないと」ヘレンが焦ったようにつぶやいた。

ルーシーが姿を消し、ヘレンが目の前にいることを考えると、このチャンスを逃してはならないと思った。「お願いだ、行かないでくれ。ぼくの話を聞いてほしい」ガブリエルは必死に言い募った。

いまここで、そうしなければならない。夢にも思わなかったことをするつもりだ。心の底からの感情を、目の前の女性にぶつけるのだ。ヘレンに対する愛情は、伝えずに持ちつづけるには重すぎる。

「ぼくはきみに夢中なんだ」

夢中？　なぜそんな曖昧な言葉を使ったのだろう。彼は顔を真っ赤にしたが、目を逸《そ》らさなかった。

ヘレンは口を開いたまま、ガブリエルを見つめ返していた。

「この通りの角にワインバーがある。そこで話そう」

「ガブリエル、もう話すべきことはすべて話したでしょう？　わたしの正直な気持ちは伝えたはずよ」彼女の抗議は弱々しく響いた。

「でも、まだぼくの気持ちを伝えきれていない」

彼は彼女の肩に腕を回し、歩きだした。通りは人であふれている。

「お願いだ、ヘレン」彼は静かに言い、ヘレンに立ち去る機会を与えるために腕を離した。そうしながらも、もし彼女が話を聞いてくれるなら、自分はどうするか、どう説得するだろうかと考えていた。

たとえヘレンが立ち去ろうとも、責めることはできない。彼が女性に対してどう接してきたかを、彼女は知っている。知り尽くしていると言ってもいいのだから。

「わかったわ。でも、ルーシーに合流するから手短にしてね」

「ありがとう」

いま、ガブリエルは彼女に夢中だと言った？　訊《き》き返したかったが、ヘレンはそうしなかった。そして、愚かで希望に満ちた考えを振り払うために、彼の言葉を頭から追い出そうとした。

ふたりが入ったワインバーは混雑していて、仕事帰りの人々がくつろいでいた。そんな彼らを見て、そのなかから相手を見つけると思うと気が重くなった。

「それで？」ふたりともワイングラスを前にして座った。ヘレンは彼を見て、胸の鼓動が高鳴った。この一週間、彼女の人生の大きな部分を占めてきた存在に別れを告げるのだと知りながら、彼が不在のオフィスで働くのはつらかった。しかも、ジュリーに何も気取られないように笑顔を作らなければならなかったのだ。

「ヘレン、ぼくは考えていたんだ。この一週間はずっと……」彼は頭を左右に振ると、苛立ちをあらわに指で髪をかき上げた。「混乱していたよ」

ヘレンは目を伏せ、自分に都合のいい空想に心を奪われないよう努力した。「退職日までの日数が短くてごめんなさい。それが最善だと思わなかったら、そうしなかったわ」

「いや、当然のことだから気にしないでくれ」

「わたしが婚約破棄に対処できたのは、ジョージと距離を置くことができたからなの。でも、あなたとあんなことがあったのに、そのまま働きつづけるなんて無理よ。わたしが対処できるような快適な職場環境にはならないわ。だって、あなたが他の女性とデートする姿を見ることになるのだから。そして、それを我慢しなければならない」

「ぼくは女性に対して、確かに模範的でなかったと認めるよ」ガブリエルは重々しく認めた。

「今年聞いたなかで、もっとも控えめな表現ね」彼女はワインを飲み、その一口の多さに顔をしかめないよう努めた。「言いたいことはまだあるの」ため息をついた彼女は、グラスのステムをいじりながら、周りは騒がしいのに、自分たちは小さな静かな泡のなかにいるようだと感じていた。

「なんだい？」

「あなたは、いままでのガールフレンドたちと長続きしなかったというだけではない。誰かと真剣に付き合うことに興味がないのよ。愛を探して見つけられなかったわけではなく、愛を探すことにまったく興味がないの」

「きみには、ぼくの過去を話したよね」

「あなたの子ども時代が不幸なものであったことは聞いたわ、ガブリエル」ヘレンは共感するような、真剣かつ動揺しないまなざしで彼を見つめた。「もしあなたが誰かとかかわる際に、過去をすべての選択の基準にすると決めたのなら、それはあなたの問題よ。わたしも学ぶべきことがたくさんあったけれど、結局、人生は続いていくの」

「ああ、そうだな。ぼくもようやく理解できたよ」

「どういう意味？」

　彼女はグラスを見て、それが空になっているのに驚いた。ワインを飲み干した記憶はなかったが、きっと飲んだに違いない。彼がグラスにワインを注《つ》ぐのを、彼女は止めなかった。少しばかり、酔いの力を借りても悪くはないだろう。

「きみの言うとおりだ」ガブリエルは簡潔に言った。「ぼくはいつも、過去を基準に現在と未来を決めていた。ぼくの両親はつねに不在で、自分たちだけで楽しむことに夢中だった。だから、ぼくが成長するうえで本当の基準となるものなどなかったんだ。ぼくが寄宿学校に通っていたころ、両親は保護者会にもほとんど顔を出さなかった。運動会にもまったく関心がなかった。それに、彼らはたいてい自宅にいなかったし、いようとする努力もしなかった。ぼくは学期が終わるとスタッフのひとりに迎えられ、プライベートジェットに乗せられ、手配された滞在先に連れていかれた。そこに両親が立ち寄ることもあれば、立ち寄らないこともあった」

「とても気の毒に思うわ。いくらお金があっても、すべてを手に入れられるわけじゃないから」

「そうだね、ダーリン」ガブリエルは苦々しい気持ちで微笑んだ。「それでもぼくは、金さえあれば欲しいものは手に入るとずっと思いこんでいた。家や車や船など、実体のあるものを手にすると安心感を覚えた。でも、感情や愛？　それらは痛みやダメージを引き起こすものであり、ぼくにとってなんとしてでも避けるべきものだったんだ」

「わたしがすでに知っていること以外は何も教えてくれないのね、ガブリエル」

ダーリン？　彼は本当に彼女をダーリンと呼んだのだろうか。それとも、興奮した心が聞き違いを招いたのだろうか。

「きみも知らないことがあるから話そう。ぼくの状況がどう変わったのか、きみは知らない。ぼくがいままでの人生を歩んできた道しるべを、知らず知らずのうちに破り捨ててしまったことをきみは知らない。きみがぼくの人生に入ってきて、ぼくにとってすべてが変わってしまったことをきみは知らないんだ」

ヘレンは目を大きく見開き首をかしげ、彼がいま言ったことに疑問を抱くような表情をした。

ガブリエルは肩をすくめた。「わかっているんだ。きみはぼくを信じてくれないって。でも、きみを責めたりはしない。ぼくが愚かだったんだ、ヘレン。他にどう言えばいいのかわからない。この数年で、いかにきみがそばにいることが自然になったのか、ぼくはまったく気づかなかったから」

彼はいったん言葉を切り、大きく息を吸った。

「きみはぼくの人生において誠実な存在だ。ぼくは頑固で変わろうとしない人間だったのに、いつの間にかきみがぼくを変えていた。ぼくたちがアメリカに行き、オフィスという壁が取り払われたとき、それが明らかになった。もしぼくたちがロンドンにとどまっていたら、すぐに変化に気づけたかわからない。けれど、いずれぼくたちは同じ場所にたどり着いていたと思う」

「それはわたしが同じように感じていたと仮定してるのよね？　かなり大胆な仮定だわ」彼女の言葉はしっかりしていたが、声はそうではなかった。

「どう思う？」

「わたしは……」

「ヘレン、いまはお互いに完全に正直になるときだ。ぼくは感情的になるタイプではないが、この一週間は、何もかもが意味をなさず、何もかもが重要ではなかった。きみが行ってしまうことで、ぼくは打ちひしがれていたんだ。なぜなら、ぼくはきみを愛してしまったから。もう二度ときみに会えなくなると思うだけで、いっそうその思いが強くなる」

彼は首を左右に振り、一瞬目を逸らしたが、歯を食いしばり、ワイングラスのステムを強く握りしめた。そうしてから、ふたたび彼女を見つめた。「きみもそう思っただろう？　同じように感じたはずだ。ぼくたちが一緒に働いている間、お互いに惹《ひ》かれ合っていたと感じていたに違いない。海外でぼくたちの間に起きたことは、ある意味必然だったんだ」

ヘレンの心臓の鼓動が飛び跳ねた。ガブリエルの声には生々しいほどの感情があふれている。さっき彼は、いまは互いに正直になるときだと言った。

「わたしを愛してくれているなら、どうしてもっと早く言ってくれなかったの？」

「言葉が思い浮かばなかったんだ。ぼくは自分自身の気持ちと向き合い、それが真実だとわかり、だからこそ、自分の行動やすべての考えが変わったとわかってさえ、どう伝えればいいかわからなかった」

「あなたを信じたいわ。本当にそう思っているのよ」彼の言うことに心を開きながら、彼女はささやくように言った。「なぜなら……」

「なぜなら？」

ヘレンは深く息を吸った。「わたしもあなたと同じ気持ちだから」

ふたりの間に言葉がなくなった。ガブリエルは彼女と指をつなごうと手を伸ばし、拒絶されなかったことに気分が舞い上がった。

「でも、きみはぼくのプロポーズを断ったじゃないか」

「わたしは指輪を嵌《は》めて、いいセックスをするだけの関係がいやだったからよ。それ以上のものが必要なの」

「きみには、ぼくと一緒に未来に進む準備はできているのか？」ガブリエルが静かに訊ねた。「いままで誰かに心を預けることはないと誓っていた男に、心を渡しても後悔しないか？」

「しないわ」ヘレンは正直に言った。「わたしはいつも愛を信じていた。母と弟が死んでから父の心は壊れて、誰ともデートしようとはしなかった。でもわたしは、誰かを愛することで傷つくとわかっていても、自分の心を手放すのを怖いとは思わなかった。わたしはあなたがいつも付き合うようなタイプではなかったから、あなたといても安全だと感じていた。それなのに、わたしは恋に落ちてしまった。そう気づいたとき、あなたとの関係は、すべてを手に入れるか、ただ離れるしかないと思ったの。愛してるわ、ガブリエル。いつまでも、ずっと」

「それなら」ガブリエルが口を開いた。「もう一度言わせてもらう。結婚してくれないか？」

それを聞いてヘレンは微笑むと、指で彼の頬に触れた。「ええ、誰かに止められても結婚するわ」

結婚式はこぢんまりとしたものだった。ふたりとも大げさなものにしたくなかったからだ。

ヘレンはクリーム色のシルクのドレスを着ていた。ウエストがきゅっと絞られ、スカート部分は柔らかなレイヤーが幾層も重なったものだ。髪はひとつにまとめられて、ブーケと同じ花が飾られている。

ガブリエルは、ヘレンが育ったコーンウォールの小さな教会で、彼女が通路を歩いてくる姿を見つめながら、苦しいほどの愛情を感じた。彼はついに誰かを愛することを自分に許し、彼女が自分の人生の一部になったのを感謝せずにいられなかった。

微笑んで参列者に目を向けると、そこから放たれる温かさと愛に彼は満足感を覚えた。ルーシーもそのなかのひとりで、彼女の親友をつかまえたガブリエルはなんと幸運な男なのだろうと言われた。それから、彼の友人たち。大学時代からの友人もいれば、寄宿学校時代からの友人もいる。

もちろんアルトゥリオとイザベラも、この結果にこれ以上ない喜びを感じて参列してくれた。

そしていま。

ガブリエルは、ロンドン郊外に購入したコテージで、妻が布張りのソファに足を乗せ、テレビを見ている姿に目をやった。

「兆候は？」彼はそばにある足を押して訊ね、愛情をこめて彼女を見つめた。

「わたしが陣痛を感じたら、すぐにあなたもわかるわ」ヘレンは膨らんだ腹部をちらっと見てから、彼に向けて微笑んだ。「予定日より四日が過ぎただけだし、ひょっとしたらもう一週間先になるかもしれない。予想できないわ。でも……」彼女は肩をすくめた。「早く赤ちゃんに会いたいわ。それに、こんなお腹《なか》でいると、まるでビーチに打ち上げられたくじらの気分がするわね」

「ぼくも早く会いたい」彼も同意した。

「もうすぐあなたの夜は、ミルクをせがむ赤ちゃんに邪魔をされるようになるわね」

「受けて立つよ」彼はにっこりと笑い、手の甲で彼女の頬を撫でた。「ぼくたちが授かった赤ん坊に会うのが心から待ちきれないよ、ダーリン。赤ん坊が生まれた瞬間に、ぼくたちの人生における新たなすばらしい章が幕を開けるんだね」

ヘレンは微笑み返し、お腹の上に手を置いた。

「ええ」彼女は幸せそうなため息をついた。「本当に待ちきれないわ」

ハーレクイン®

極上上司と秘密の恋人契約

2024年12月20日発行

著　　者	キャシー・ウィリアムズ
訳　　者	飯塚あい（いいづか　あい）
発 行 人	鈴木幸辰
発 行 所	株式会社ハーパーコリンズ・ジャパン 東京都千代田区大手町 1-5-1 電話 04-2951-2000（注文） 0570-008091（読者ｻｰﾋﾞｽ係）
印刷・製本	大日本印刷株式会社 東京都新宿区市谷加賀町 1-1-1

造本には十分注意しておりますが、乱丁（ページ順序の間違い）・落丁（本文の一部抜け落ち）がありました場合は、お取り替えいたします。ご面倒ですが、購入された書店名を明記の上、小社読者サービス係宛ご送付ください。送料小社負担にてお取り替えいたします。ただし、古書店で購入されたものについてはお取り替えできません。®とTMがついているものは Harlequin Enterprises ULC の登録商標です。

この書籍の本文は環境対応型の植物油インクを使用して印刷しています。

ISBN978-4-596-71761-0 C0297

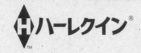

◆◆◆ ハーレクイン・シリーズ 12月20日刊 発売中

ハーレクイン・ロマンス

愛の激しさを知る

極上上司と秘密の恋人契約	キャシー・ウィリアムズ／飯塚あい 訳	R-3929
富豪の無慈悲な結婚条件 《純潔のシンデレラ》	マヤ・ブレイク／森　未朝 訳	R-3930
雨に濡れた天使 《伝説の名作選》	ジュリア・ジェイムズ／茅野久枝 訳	R-3931
アラビアンナイトの誘惑 《伝説の名作選》	アニー・ウエスト／槙　由子 訳	R-3932

ハーレクイン・イマージュ

ピュアな思いに満たされる

クリスマスの最後の願いごと	ティナ・ベケット／神鳥奈穂子 訳	I-2831
王子と孤独なシンデレラ 《至福の名作選》	クリスティン・リマー／宮崎亜美 訳	I-2832

ハーレクイン・マスターピース

世界に愛された作家たち
～永久不滅の銘作コレクション～

冬は恋の使者 《ベティ・ニールズ・コレクション》	ベティ・ニールズ／麦田あかり 訳	MP-108

ハーレクイン・プレゼンツ作家シリーズ別冊

魅惑のテーマが光る
極上セレクション

愛に怯えて	ヘレン・ビアンチン／高杉啓子 訳	PB-399

ハーレクイン・スペシャル・アンソロジー

小さな愛のドラマを花束にして…

雪の花のシンデレラ 《スター作家傑作選》	ノーラ・ロバーツ 他／中川礼子 他 訳	HPA-65

文庫サイズ作品のご案内

◆ハーレクイン文庫・・・・・・・・・・・・・・毎月1日刊行
◆ハーレクインSP文庫・・・・・・・・・・・毎月15日刊行
◆mirabooks・・・・・・・・・・・・・・・・・・毎月15日刊行

※文庫コーナーでお求めください。

12月26日発売

ハーレクイン・シリーズ 1月5日刊

ハーレクイン・ロマンス

愛の激しさを知る

秘書から完璧上司への贈り物 《純潔のシンデレラ》	ミリー・アダムズ／雪美月志音 訳	R-3933
ダイヤモンドの一夜の愛し子 〈エーゲ海の富豪兄弟 I〉	リン・グレアム／岬　一花 訳	R-3934
青ざめた蘭 《伝説の名作選》	アン・メイザー／山本みと 訳	R-3935
魅入られた美女 《伝説の名作選》	サラ・モーガン／みゆき寿々 訳	R-3936

ハーレクイン・イマージュ

ピュアな思いに満たされる

小さな天使の父の記憶を	アンドレア・ローレンス／泉　智子 訳	I-2833
瞳の中の楽園 《至福の名作選》	レベッカ・ウインターズ／片山真紀 訳	I-2834

ハーレクイン・マスターピース

世界に愛された作家たち
〜永久不滅の銘作コレクション〜

新コレクション、開幕！

ウェイド一族 《キャロル・モーティマー・コレクション》	キャロル・モーティマー／鈴木のえ 訳	MP-109

ハーレクイン・ヒストリカル・スペシャル

華やかなりし時代へ誘う

公爵に恋した空色のシンデレラ	ブロンウィン・スコット／琴葉かいら 訳	PHS-342
放蕩富豪と醜いあひるの子	ヘレン・ディクソン／飯原裕美 訳	PHS-343

ハーレクイン・プレゼンツ作家シリーズ別冊

魅惑のテーマが光る
極上セレクション

イタリア富豪の不幸な妻	アビー・グリーン／藤村華奈美 訳	PB-400

※予告なく発売日・刊行タイトルが変更になる場合がございます。ご了承ください。